DREAMBOOKS

DREAMBOOKS

TISS ETAKAR
YULKESS LANDSKNE

신룡의 주인

태선 판타지 장편소설

FANTASYSTORY & ADVENTURE

6

dream books
드림북스

신룡의 주인 6

초판 1쇄 인쇄 / 2014년 3월 14일
초판 2쇄 발행 / 2016년 10월 17일

지은이 / 태선

발행인 / 오영배
책임편집 / 편집부
펴낸 곳 / (주)삼양출판사 · 드림북스

주소 / 서울특별시 강북구 도봉로 173
대표 전화 / 02-980-2112 팩스 / 02-983-0660
편집부 전화 / 02-980-2116 팩스 / 02-983-8201
블로그 / blog.naver.com/dreambookss

등록번호 / 제9-00046호
등록일자 / 1999년 3월 11일

값 8,000원

ISBN 978-89-542-4749-8 (04810) / 978-89-542-4574-6 (세트)

* 지은이와 협의하에 인지는 생략합니다.
* 잘못된 책은 구입한 곳에서 바꾸어 드립니다.

이 도서의 국립중앙도서관 출판시도서목록(CIP)은 서지정보유통지원시스홈페이지
(http://seoji.nl.go.kr)와 국가자료공동목록시스템(http://www.nl.go.kr/kolisnet)에서
이용하실 수 있습니다. **(CIP제어번호: 2014008441)**

신룡의 주인
태선 판타지 장편소설
FANTASYSTORY & ADVENTURE
6
dream books
드림북스

신룡의 주인

Contents

Chapter 1

물 나이트 랩소디

1.

자색 하늘에는 어둠이 번져 갔다. 축제의 첫날이 이른 빗줄기와 함께 그렇게 녹아내렸다. 샨은 블루 타워에 돌아오자마자 웨이터복을 벗어 버리고는 문을 걸어 닫았다.

할 일이야 많았다.

물 나이트야말로 남녀가 뛰노는 성스러운 무도회장이니 어두워질수록 사람들이 더 몰려드는 건 당연하고, 그만큼 술이니 돈이니 모여들 게 뻔하기 때문이다.

'무리야. 무리야…….'

방금 사람이 하나 죽었다. 병이 있었고 원래 예상했던

것보다는 조금 더 산 셈이라고 해도, 그 사람이 잠시나마 마음을 나누었던 사람이었고 샨의 소중한 친구 중의 하나였다는 사실은 변하지 않았다.

당연했다.

샨은 그를 위해 카이와 싸우다 영영 카이를 잃을 뻔하지 않았던가.

재미있는 건 그 자리에 있던 사람들을 제외하고는 누구도 그가 죽었다는 사실을 모르고 있다는 거다.

에녹 교수님은 묵묵히 그의 시신을 수습했고, 라온 교수님은 그가 황도로 올라갔다고 간단한 서류를 써서 올렸다. 사람 하나의 자취가 사라지는 게 이토록 쉽구나. 샨은 곰곰이 생각했다.

"마마……?"

카이가 눈을 들어 샨의 눈치를 본다. 어린 용의 모습으로 돌아온 카이는 샨의 팔에 얼굴을 비빈다. 샨은 그런 카이를 끌어안았다.

소년은 무인이다. 무인의 가문에서 태어나서, 무인의 삶을, 무인의 죽음을 모두 이해하고 있었다. 그렇다고 죽음이 슬프지 않은 건 아니었다. 카이를 안은 손에 힘이 들어간다. 눈물이 쏟아져 나왔다.

"미안해. 카이, 오늘만……. 오늘만……."

오늘이 지나면 샨 역시 황태자의 죽음을 잊어야 한다. 류인은 죽은 게 아니라 황도로 돌아갔다고 이야기해야 한다. 류인 황자의 빈자리는 그의 쌍둥이가 차지할 거니까. 때로는 세상에 모르는 게 약일 때도 있는 법. 첫날밤 새색시처럼 아무것도 모르는 눈으로 있어야 했다.

샨은 이를 악물었다.

샨의 작은 울음소리에 티스는 방에 들어갈 수 없었다. 대신 문에 등을 기대고는 조용히 담뱃대의 연기를 들이마실 뿐이었다. 그러나 율케스는 무심하게 방문을 열려 한다. 티스는 그런 율케스의 손목을 붙잡았다.

"내버려 둬."

그의 목소리는 무척이나 낮고 건조했다. 친혈육 하나를 장사 지내고 온 사람답지 않게.

율케스는 느긋이 담배를 태우고 있는 티스를 바라보았다. 샨의 작은 흐느낌이 문 밖으로 새어 나온다. 그러나 티스는 속눈썹을 내리깔고는 미동도 하지 않는다.

원래부터 이런 면으로는 냉정한 놈인 건 알고 있었다. 율케스가 뿌리치는 대신 고개만 까딱인다. 티스의 손가락이 작게 떨리고 있는 까닭이다.

"너도 슬픈 건가?"

"그럴 리가. 말했잖아. 내게 있어 형제는 타인보다도 못한 존재라고."

그렇다면 티스의 손끝이 떨리는 이유를 해명할 수가 없었다. 율케스는 이해 안 가는 친우 놈 옆에 있는 것보다 그냥 방에 들어가 있는 걸 택한다. 율케스가 티스의 손을 뿌리치려 하자 그제야 티스가 말했다.

"그냥 좀…… 부담감이 밀려오네."

"그래서, 승낙할 건가?"

남보다 못한 형제가 죽었다. 그자가 말했다. 자신 대신에 황위를 계승하라고.

평소의 그라면 콧방귀를 꼈을 일이다. 그러나 죽은 자의 긍지가 그를 붙잡는다. 티스는 율케스의 손을 놓았다.

"황제라는 게 되겠다고 해서 될 수 있는 거였던가?"

"……."

담뱃대 끝, 연기가 달콤한 곡선을 그렸다. 티스는 잠시 속눈썹을 내리깔고 생각에 잠긴다. 율케스는 그런 티스의 머리를 커다란 손으로 톡 감싸 쥐더니 문을 열고 성큼 들어간다. 샨은 부은 눈가를 감추며 율케스에게 인사했다.

티스는 그런 둘의 틈바구니에 들어갈 자신이 없었다.

그는 건조해진 혀로 담뱃대 끝을 천천히 핥는다. 텁텁한 쇠 맛이 밀려왔다. 철분의 감촉이 어쩐지 사람 피 맛과도 비슷했다.

그는 다시 연기를 들이켰다. 그러고는 몸을 일으키더니 휘적휘적 멀리 걸어갔다.

2.

이튿날이 밝을 때까지 샨은 내내 기운을 차리지 못하고 있었다.

'우우, 안 돼. 안 돼! 이래서는…… 축제는 어떡하라고!'

축제는 일주일이다. 하루가 지났으니 이제 6일 남았다. 물 나이트는 앞으로 이틀은 더 열 거고. 그랬다. 죽음보다 두려운 존재가 지금 이 순간, 샨의 방문을 두드리고 있었다.

"형제님! 어서 일어나십시오! 형제님께서 빠지시면 수질 관리는 어떻게 하라고 하신단 말입니까아!"

단테스의 피맺힌 절규가 방문 너머에서 울렸다. 샨은 이 세상에 지옥이 있다면 그 지옥의 문지기는 반드시 단테스일 거라고 생각했다. 저놈에게 돈 빌리면 제명에 못 죽을 거다. 백 프로.

샨은 혀를 쯧 차고는 소매로 눈가를 쓱쓱 닦았다. 카이와의 가계약 이후로 그의 피부는 눈에 띄게 아름다워졌다. 언제나 촉촉한 백옥 상태를 유지하며, 심지어 이렇게 하룻밤을 눈물로 지새워도 이튿날 아침에는 멀쩡해지지 않던가.

'붓진 않았는데, 그래도 붉은 기운은 조금 남아 있네.'

그래도 이 정도면 자세히 보지 않는 한 본인 말고는 눈치채기도 어려우리라.

샨은 결국 침대에서 나와 슬리퍼를 신었다. 어젯밤 내내 티스는 돌아오지 않았다. 침대에 잠옷이 뱀 허물처럼 놓여 있는 걸 보니 율케스는 먼저 일어나서 노역이라도 당하고 있는 모양이고.

"샨 형제님! 어서 냉큼 일어나셔야 합니다! 사람이 가장 많이 들어오는 둘째 날이라고요! 오늘을 놓치면 신께서 용서치 않으실 겁니다."

단테스의 경건한 목소리가 방을 울린다. 샨은 최대한

미적거리며 걸어가 문 앞에 섰다. 그러고는 심호흡을 크게 하고는 문고리를 손으로 돌렸다. 아니, 돌리려고 했다.

달칵—

손을 대지도 않았는데 잠금장치가 풀리더니 손잡이가 시계 방향으로 철컥 돌아가는 게 아닌가.

단테스가 아침 햇살을 받아 반짝이는 철사를 들고 말했다.

“아, 형제님. 이미 깨어 계셨군요.”

……여…… 연 거냐? 그 철사로?

샨은 물끄러미 단테스 손에 쥐어져 있는 철사를 내려다보았다. 단테스도 샨의 시선을 의식했는지 명랑하게 대답했다.

“우리의 작은 불편을 해소해 주는 도구지요. 안 그렇습니까, 형제님?”

두 번 불편하면 염전에라도 끌고 갈 것만 같았다. 샨은 그 순간 진심으로, 자신이 단테스에게 10닉스 한 장 빌린 적 없는 것과, 그가 건네주는 그 어떤 계약서에도 사인하지 않았음을 감사했다. 그랬다면 저 5밀리미터 두께의 철사는 아마 드라이버나 전문 도적들이 사용하는 잭나이프,

혹은 그를 따르는 덩치 1 정도로 변경되었을 테니까.

샨은 대화가 통하는 이 상황에 감사하며 욕실로 향했다. 우선은 씻어야 뭔가 해결되겠지 싶었기 때문이었다. 단테스는 그런 샨을 보더니 손가락을 탁 튕겼다. 그러자 물의 정령이 샨을 감싸고 발끝부터 훑기 시작했다.

"아, 뭐하는……."

"시간을 절약해야죠."

정령사도 드래곤 테이머 만큼이나 귀한 직종이다. 그런 귀한 정령을 고작 아침 샤워하는 데 쓰다니. 샨은 얼굴을 붉혔지만 내색하지는 않았다. 단테스가 말했다.

"오늘 입을 옷은 여기 있습니다."

"……이거 치마잖아."

아무리 좋게 말해도 메이드복이다. 그것도 새하얀 프릴에 속치마가 겹겹이 들어가 있는 데다가 메이드복 주제에 호사스럽게도 실크가 아낌없이 들어가 있었다.

메이드복이라는 건 말 그대로 집안일을 하기 위해 입는 복장이다. 당연하게도 일반 귀족들이 생각하는 그런 미지의 성적 판타지를 위해서가 아닌, 육체노동을 요하는 모든 궂은일을 하기 편하도록 만든 옷이었다. 이걸 입고 빨래하고 청소하고 밥 지었다가는 반나절 만에 더러워져서 주인에게 혼찌검이 날 가능성이 농후하다.

"입으십시오. 신의 뜻입니다. 형제님."

……손끝부터 피가 싸하게 식는 기분이다. 이런 것을 입었다가는 요즘에서야 겨우 되찾은 남자로서의 정체성이 산산이 무너지리라.

"지…… 지젤은 뭐라는데?"

"그분께서 직접 고르셨습니다."

아, 그렇구나. 어쩐지. 이 악취미적으로 나풀거리는 프릴은 그녀의 손에서 나온 거였어.

"유, 율케스는?"

"아! 샨 님이 하지 않으시면 율케스 님께서 대신 이 신성한 복장을 입으셔야 하기 때문에요. 당연히 찬성표를 던졌습니다."

……비…… 빌어먹을. 연좌제냐!

군대도 아닌데 그걸 쓰고 앉아 있다니! 아니, 그 전에 남자가 이걸 입는다는 게 말이 되냔 말이냐! 샨은 바보가 아니다. 카이와 가계약한 이후로 몸은 완전히 환골탈태했고, 그 과정에서 미모가 미친 듯이 상승한 건 샨 자신도 알고 있다. 그렇다고 해도 여장이라니! 메이드 복장이라니!

샤이 눈물을 삼키며 되물었다.

"티스는?"

"야밤에 술을 횡령하고, 소중한 여성 고객님들에게 마수를 뻗치던 게 발각되어 천벌을 받는 중이십니다. 수질의 신은 이런 행위를 용서치 않으십니다. 샨 형제."

그 말에 샨은 울대뼈로 침을 꿀꺽 삼켰다.

그 천벌이 무엇을 뜻하는지 차마 상상하기도 두려웠다. 단테스는 손끝으로 철사를 빙글빙글 돌리더니 샨의 목 아래 부드러운 곳을 쿡 찔렀다.

"샨 형제님도 잘못한 게 있죠? 어제 무단으로 나가지 않으셨습니까. 안타깝게도 샨 형제님의 몫은 다른 무고한 형제님들이 일해서 벌어야 했습니다. 미안하지 않으십니까?"

그러니 입어라. 저 백색의 프릴 메이드복을.

무언의 압박감이 샨에게 밀려들어왔다. 그러나 이런 걸 입었다가는 겨우 되찾은 남자로서의 존엄성이 와르르 무너지고 말 터.

"선택하십시오. 형제님. 강요는 하지 않겠습니다."

샨은 단테스를 한 번 보고, 메이드복을 한 번 더 보기를 반복했다. 인생은 지옥이었다. 고행이었다. 단테스가 따른다는 그 '수질의 신'은 13지옥을 군림하는 마왕이 틀림없었다.

샨은 시뻘게진 얼굴로 되물었다.

"대…… 대신 조건이 있어."

단테스가 입꼬리를 말았다.

"말씀하십시오. 형제님."

샨은 마음속으로 자신이 할 수 있는 최대의 욕설을 내뱉었다.

3.

지젤과 여성 동지들은 갖가지 화장 도구를 준비해 물 나이트 정원 앞에 모여들었다. 샨을 꾸미는 건 그녀들의 낙이었다. 얼굴은 최상에 피부는 어떤 화장품이든 잘 받았다. 요즘 키가 부쩍 자랐지만, 그래 봤자 여자치고는 조금 키가 큰 정도. 다 큰 사내놈들의 체격에 비할 바가 아니었다. 심지어 샨은 지젤의 옷 사이즈를 소화하고도 조금 넉넉하다.

그러나 샨의 거센 반발 때문에 차마 여장은 하지 못하

던 나날들이었다. 그러나 그 기회가 지금 온 것이다.

얼마 후, 저 멀리서 흰 프릴을 나풀거리며 메이드 복장의 누군가가 걸어오고 있었다. 하이힐이 익숙치 않으니 절뚝이다 넘어지길 반복한다. 이미 계단을 오르다가 몇 번 더 넘어진 건지 메이드의 무릎에는 피딱지가 앉아 있었다. 단테스는 결국 여성을 에스코트하듯 샨의 허리를 붙잡고 걸었다. 어떻게 보면 배려심 많은 멋진 신사로 보일 법한 풍경이건만.

이미 돈에 눈이 먼 그의 손길은 지독하게도 차가웠고, 그걸 받아들이는 저 메이드의 분노 섞인 살기가 여기까지 넘실댔다.

"자, 장난 아니다. 샨."

"과, 과연 알테리온가랄까요. 많이 강해졌네요."

분노에 찬 소년의 살기가 이렇게 말하고 있었다. 니 놈을 찢어 죽이고 찔러 죽이고 베어 죽일 것이다. 날 보고 있는 모든 놈들의 눈깔을 뽑아 회쳐먹을 것이라고.

샨은 단테스의 손을 탁 쳐내더니 결국 다시 이마로 바닥을 쿵 찧는다.

"……."

그 순간, 블루 타워의 누구도 움직이지 못했다.

이미 저 하이힐은 이족보행용 신발로서의 정체성을 잃었다. 그 순간 저 여장 메이드를 중심으로 살기가 파아악 치솟아 올랐다.

멀리서 지켜보는 것만으로도 숨 쉬는 것조차 힘들 정도로 강한 살기다. 흑마법의 메카인 블랙 타워에서도 이 정도의 살기를 뿜을 수 있는 이는 극소수다. 알알이 맺힌 원한에 천하의 지젤조차 들고 있던 화장품 상자를 툭 떨어뜨렸다.

그 누구도 샨에게 인사를 하지 못했다.

샨 본인이 안녕하지 못하기 때문이다. 그리고 이 상황에선 인사한 사람도 안녕하지 못해질 것 같기 때문이었다.

지금 샨은 대체 무슨 표정을 짓고 있는가. 이미 이마가 바닥에 붙어 있는 상태라 표정이 보이지 않는다. 저 고운 얼굴이 무슨 악귀와 같은 표정을 짓고 있는 것인가.

이 치 떨리는 공포 속에서 단테스만이 상큼하게 웃고 있었다.

"하하하, 우리 형제님, 걸음마부터 다시 배우셔야겠습니다."

그러고는 커다란 팔로 저항하는 샨의 허리를 붙잡아 억

지로 일으킨다. 그 순간, 블루 타워의 모든 이들은 깨달았다. 돈 앞에서는 그 어떤 악의와 그 어떤 인간의 원한도 소용없다는 것을.

단테스의 일이란 사람을 파묻고 섬에 보내며 산골 광산에 처넣고는 그걸 환전하는 일이었다. 원한? 생활이다. 분노? 사람 목숨 돈으로 바꾸다 보면 생기는 이자쯤 된다. 복수? 그건 직업상 생기는 생활 이벤트쯤 된다.

단테스가 그런 샨을 질질 끌고 들어온다. 그러고는 천연덕스럽게 말했다.

"오늘 잠깐 들어오게 된 '샤이린' 양입니다. 샨 군의 건강이 좋지 않아 샤이린 양이 대타로 오시게 되었습니다."

모로 보나 샨이 명백한 그 여장 소년을 샤이린이라 우기며 단테스가 말했다.

"그러니 가급적 배.려.해.주.시.기 바랍니다. 이분은 샨이 아니라 '샤이린' 양이니까요."

지젤은 그제야 깨달았다. 샨은 자신의 흑역사를 묻어 버리고 싶은 것이었다. 오늘이 지나면 영원히 이 일은 없었던 일로 만들겠다는 깜찍한 꿈을 꾸고 있었다. 단테스는 거기에 응한 거고.

그래, 샨이 아니라 샨 사돈의 팔촌쯤 되는 동생이라고 생각해 주자. 블루 타워에 있는 모든 이들은 무언의 약속을 나누었다.

단테스가 웃옷을 벗었다.

“시간이 없군요. 메이드복 여벌 없습니까?”

지젤이 당황하며 물었다.

“아, 예. 없을 텐데요.”

“곤란하군요. 샤이린 양이 저희 물 나이트에서 일하는 만큼, 저도 여장하기로 약속해서요.”

물귀신 작전이냐!

다들 눈빛을 교환했다. 샨, 아니 샤이린이 고개를 들었다. 이마에는 피가 흐르고 화장은 전혀 하지 않은 얼굴이었다. 심지어 눈가는 울기라도 했는지 살짝 붓기까지 했다. 그럼에도 한순간 소년을 바라보는 모든 이들의 성정체성을 뒤흔들 만큼의 미모가 빛난다. 소년이 입가를 뒤틀어 억지로, 억지로 미소를 지었다.

“잘 부탁드립니다.”

아무리 봐도 저건 여자다. 샨의 모습을 한 여자가 틀림없었다. 그럼에도 불구하고 지젤의 심장은 입 밖으로 튀어 나올 만큼 두근거렸다.

4.

열차가 선로 위를 미끄러진다. 드래곤 스콜라 역, 축제를 맞이해서인지 객실마다 만석이다. 수많은 인파를 비집고 흑발의 청년이 내린다. 청년의 둥근 안경테가 날카로운 빛을 반사했다. 남자치고는 무척이나 긴 흑발, 그리고 붉은색 카디건이 인상적이었다. 오래된 낡은 카디건은 청년의 최고 보물이다.

에론, 에론 알테리온.

제국의 최고 전략가이자 인간의 탈을 쓴 사신. 수십만 병사의 목숨을 손가락 하나로 산화시켜 버릴 수 있는 존재. 그는 트렁크를 질질 끌며 역을 걸어 내려갔다. 청년은 꼬깃꼬깃하게 구겨진 신문을 들고 있는데 그 신문 첫머리에 어색한 표정으로 물 나이트의 테이프를 끊고 있는 자신의 동생이 큼지막하게 그려져 있었다.

어떻게 키운 동생인데! 그런 불순하고 음란한 업소에서! 노동을! 시킨단! 말인가!

에론은 치밀어 오르는 살기를 꾹꾹 눌러 담았다.

그의 허리에는 그가 아끼는 애검 컬렉션 1호와 2호가 걸려 있었다.

애검 컬렉션 1호, 블루 크리센트.

과거 드워프 장인들이 모여서 드래곤의 뼈를 사용하지 않아도 제련 실력만으로 드래곤 슬레이어급의 성능을 만들어 낼 수 있는가 없는가 논쟁한 데서 탄생한 검이다. 통짜 오리하르콘을 사용했으며 드워프 장인들만의 비밀스러운 제조 공법을 거쳤다.

드래곤 슬레이어처럼 환상을 부수는 권능을 얻지는 못했지만 타이밍에 맞춰서 검을 휘두르면 마법을 튕겨 내는 성질을 갖고 있다. 검사의 역량에 따라 9서클 절대 즉사 마법 '파워 워드 킬' 조차도 튕겨 내 버릴 수 있다. 물론 그러기 위해서는 마법을 볼 수 있는 절대적인 눈과, 0.00001초도 오차를 내지 않는 정확한 손놀림이 필요하다.

그야말로 에론만이 최고의 역량을 끌어낼 수 있는 검. 이 검을 쥐는 순간 에론을 이길 수 있는 이는 거의 없다. 마법으로 죽이지 못하니 결국 같은 검술로 죽여야 할 텐데, 순수하게 누군가를 죽이기 위한 살인검으로 치면 장남 리오조차도 그를 당해 낼 수 없다.

마법을 부수는 게 아닌 되튕기는 검. 누군가를 죽이는 데 목적을 두자면 알테리온 소드보다도 치명적이다.

그리고 컬렉션 2호, 귀살마도.

에론은 이 검이 자신의 손에 들어오게 될 줄은 몰랐다. 동대륙에 있는 유명한 마도(魔刀)로 귀신이라도 죽일 수 있다는 데서 그 이름이 유래했다. 과거 동대륙에서 일인자로 군림하던 암환도제가 사용했다는 검으로, 만년한철을 통째로 검에 쏟아 부어 만들었다. 검신 자체가 얼음처럼 차가운 기운을 뿜어내며 무엇이든 베기만 하면 얼릴 수 있다. 단 한 곳이라도 적에게 상처를 입히기만 하면 상처 부위가 얼어붙어 두 번 다시 치료되지 않는 몸으로 만든다.

지독한 음기는 다루는 이마저도 미치게 만드는데, 어째서인지 에론에게는 별 영향을 주진 못한다. 그의 아우, 아르고가 했던 말처럼 '이미 조용히 미쳐 있기 때문' 인지도 몰랐다.

이 검은 에론이 과거 점령했던 왕국의 후궁 금고에서 얻은 물건이다. 전쟁통이었고, 보통은 왕실 금고를 뒤지지 측실 방까지 가는 일은 좀처럼 없었다. 하지만 조용히 있고 싶었던 에론은 병사들을 피해 홀로 측실의 방까지 찾아들어 갔고, 기이한 기운을 느끼고 단칼에 금고를 쪼갰다.

그의 인생에 몇 안 되는 행운이었다.

에론이 걸음을 옮길 때마다 두 개의 검날이 서늘한 소리를 냈다.

백만 대군이 자신의 목을 노릴 때조차도 검 두 자루를 모두 들고 오는 일은 없었다. 그러나 지금의 에론은 달랐다.

'만약 놈들이 샨을 타락시켰다면…….'

상상하고 싶지 않지만, 남녀가 불순 교제를 하는 그 타락한 마굴에 자신의 동생이 한 마리의 새끼양이 되어 던져졌다면…….

그는 수많은 누님들 사이에 포위된, 웨이터 샨을 상상했다. 웨이터를 넘어 여장까지 했을 거라고는 차마 단 한 번도 상상해 본 적 없는 에론에게는 이 정도가 상상력의 한계였으니까.

아무튼 누군가 자신의 하나뿐인 보물을 타락시켰다면 응당 대가를 치러야 할 터였다.

악즉참(惡卽斬).

베어 버릴 테다. 썩은 사과는 도려내야 한다.

'역시…… 티스 그 자식 때문인가?'

아직 숨겨진 흑막, 단테스의 존재에 대해 잘 모르는 에론이었다. 일단 그 새끼를 죽이자. 죽인 다음에 사태를 파악해도 늦지 않으리라. 훗날 잘못되었다는 것을 깨닫게 되더라도 죽인 놈이 살아 돌아오지 않을 거 아닌가.

'개미굴에 쑤셔 넣어도 살아 돌아오는 새끼……'

에론의 입가가 차갑게 비틀렸다. 음울한 살기가 그의 주변으로 퍼져나갔다.

역 앞 사거리, 거대한 푸른 곰돌이 인형이 이 땡볕 속에서 부지런히 전단지를 뿌려 댔다.

물 나이트 오픈 기념 초특가 할인!

에론은 그 전단지를 집어 들었다. 전단지 아래에는 웨이터 복장에 토끼 귀를 한 자신의 동생이 환하게 웃고 있었다.

우드득—

파괴적인 기파가 종이를 타고 쏟아졌다. 빳빳한 종이가 단숨에 찢어발겨졌다. 종이 자체가 양피지보다 귀한 세상이었다. 에론은 귀족놀음에 증오가 밀려왔다.

이런 귀족 나리들의 연회에 자신의 어린양이 희생당하는 게 아닌가! 주모자는 대체! 어느 새끼란 말인가! 전단지를 앞뒤로 살펴봐도 주모자는커녕 샨의 얼굴만 장식되어 있었다.

어쩔 수 없다. 주모자를 모르니 일단 티스 그놈을 족치고, 족치고, 족치고, 족칠 수밖에.

반면 푸른 곰돌이 인형은 에론의 얼굴을 보자마자 뒷걸음질 치기 바빴다.

그랬다. 티스 이타카르 디 와처 헤이스팅스.

그는 주류 횡령 및 손님 희롱으로 이 더위에 곰 인형탈을 쓴 채 강제 노역 중이었다. 곰돌이의 이상한 움직임을 깨달았는지 에론이 고개를 들었다.

푸르딩딩 티스 곰과 살기등등 에론, 두 사람의 눈이 마주쳤다.

"……."

알아 봤을 리 없다. 자신은 거대 곰 인형 탈을 쓰고 있다. 두께만 해도 20센티미터가 넘는, 인간의 한계를 시험하는 거대 곰 탈이다. 알아 봤을 리 없어. 티스는 몇 번이고 되뇐다.

"……."

그러나 에론은 대답하지 않는다. 움직이지도 않고 눈을 깜빡이지도 않는다. 그저 자신을 응시할 뿐이었다.

티스는 뒷목에 식은땀이 주르륵 흘러내리는 걸 느낀다. 지가 짐승도 아니고 육감만으로 탈 속에 있는 게 누구인지 알아맞힌다는 건 말이 되지 않는다. 티스는 애써 태연을 가장한다.

자신은 곰이었다. 이 순간, 물 나이트를 홍보하는 푸르딩딩 테디베어여야 했다. 티스는 양손을 흔들며 삐끼의 춤을 추기 시작했다. 그저 샨의 미친 둘째 형이 그냥 지나가 줬으면 하는 바람으로.

그러나…….

서컹!

검을 뽑았다는 것을 인지하는 찰나, 이미 칼끝이 솜을 파고들어 티스의 코앞을 스쳐 지나간다.

"우와아아아악!"

알테리온의 보법? 기억 안 난다. 가속 마법? 할 수 있을 것 같은가?

이 상황에서 티스가 할 수 있는 건 그저 칼을 피하려고 뒤로 엎어지는 것뿐이었다. 곰돌이 인형이 처참하게 찢어발겨진다. 푸르딩딩 테디베어의 머리통이 사거리 바닥을 데구르르 구른다. 분명 다음 일격이 날아올 거다. 티스는 소매에 숨겨 놓은 자신의 암기를 쏟아 부으려 했다. 그러나 턱도 없다. 이미 소매고 나발이고 인형 옷에 껴 있는데 뭔 수로!

무엇보다 가장 큰 문제는 따로 있다.

'이, 일어날 수가 없어. 대체 어떻게 일어나는 거냐. 이 망할 인형 옷!'

인형 옷은 움직임이 둔해서 한번 뒤로 엎어지면 다시 일어서는 게 불가능했다!

에론은 푸르딩딩 테디베어의 배를 콱 밟아 고정시킨다. 티스는 변변한 저항조차 하지 못하고 샨의 미친 형과 대치해야 했다.

에론의 두 번째 검, 귀살마도가 티스의 목젖을 지그시 눌렀다. 상처, 아주 작은 상처라도 좋았다. 스치는 순간 지옥의 냉기가 심장까지 파고 들 테니까.

"그래서 마지막으로 하고 싶은 말은?"

티스는 침을 꿀꺽 삼킨다.

아무리 머리를 굴려도 샨의 미친 형을 설득할 말 따위는 떠오르지 않는다. 그래서 티스는 저 형의 최대 약점이자 히든카드인 샨을 팔아먹기로 했다.

그러나 어떻게? 에론은 그냥 미친 게 아니라 똑똑하고 사악하며 냉혹하기까지 했다. 이런 사기 캐릭터 앞에서 헛된 말을 꺼냈다가는 목숨이 달아나는 건 이쪽이 되리라. 티스는 숨을 몰아쉬었다. 정오의 햇살 속, 에론의 안경테가 차갑게 빛났다.

5.

머리를 염색한다. 허리는 코르셋으로 꽉 조이고 최대한 자연스럽게 여성으로 보이도록 노력한다. 어찌 되었건 '샨' 으로 보여서는 안 됐다. 샨, 아니 샤이린은 이 일을 자신에게 주어진 고행이라고 생각하기로 했다. 분명 이건 자신이 전생이나 전전생쯤에 벌였던 업보였으리라고. 그 업보 때문에 자신이 남성의 몸으로 이런 치욕을 감당해야 하는 게 틀림없으리라고.

분명 샨의 전생은 뭔가 지독하고 악독한 악당이었음이 틀림없다. 사람을 도축하고 집에 불을 지르고 아녀자를 강간하는 악적이 틀림없었을 거다. 샨은 스스로에게 되뇌었다.

지젤도 샨의 살기를 읽었는지 떨리는 손을 억지로 추슬러 화장 붓을 털었다.

보통 사내라면 어릴 때는 예쁘장해도 커 가면서 여드름이 얼굴을 뒤덮거나 턱이 엉덩이 턱이 된다거나 어깨가 떡 벌어진다거나 털이 손등부터 다리까지 숭숭 덮기 마련이다.

귀엽고 아름다운 미소년은 딱 15살까지가 한계다. 그때 이후에는 변성기가 오고 남자는 남자다워질 수밖에 없다. 그러나 지젤은 샨을 보면서 자연의 신비를 느끼곤 한다. 어찌 된 게 사내놈이 크면 클수록 더 아름다워진다는 말인가. 이게 말이 되는 일인가. 새하얀 피부는 이제는 모공이 보이지 않을 정도로 투명해졌고, 턱 선은 한결 더 갸름하고 요염해졌다. 입술은 새빨갛고, 눈매는 시원스럽게 갈라졌다. 얼굴은 완벽하게 대칭을 이루었고, 긴 머리칼은 엉덩이 아래까지 쭉 내려왔는데 한 올 한 올 명주실을 짜서 만든 것만 같았다. 어릴 때의 샨을 강아지에 비유한다면 지금의 샨은 고양이에 비유할 수 있겠다. 속성만 바뀔 뿐이지 미모는 더욱더 대단해져만 갔다. 거기다가 그 특유의 애교라곤 전혀 없는 남자다운 성격까지 더해지니, 여성의 가슴을 설레게 하기 충분했다.

'이래도 되는 건가.'

지젤은 마음속으로 몇 번이나 되뇌었다.

'내가 여장시킨 남자애한테 내가 반한다는 게?'

누가 봐도 미쳤다는 표현이 적합하다. 그럼에도 불구하고 지젤 바스커빌은 때늦은 청춘의 파도를 타고 있었다.

'아니, 그 전에 내가 반한 남자애를 내 손으로 여장시킨다는 게 말이 되는 건가?'

아아, 청춘의 신이시여. 지금 보고 계십니까.

지젤은 입술연지를 들어 샨의 입술을 찍었다.

'거기다가 이 자식은 여장을 해도 나보다 더 예쁘다고! 나보다 더 아름다운 남자를 좋아해서 뭐하게!'

그러거나 말거나 샨은 냉랭한 표정으로 그녀의 화장이 끝나기만 기다리고 있었다. 마지막으로 지젤은 금색으로 염색한 샨의 머리칼을 빗으로 쓱쓱 빗어 내렸다. 어떻게든 샨이 아닌 다른 여자처럼 보이도록 하게 애를 썼지만 먹힐지는 자신이 없었다.

'그래. 크롬 새끼는 모르겠지. 그놈은 안면인식장애가 있는 자식이니까.'

그러나 세상 사람들이 다 크롬 같을 리는 없지 않은가!

그때 문이 벌컥 열렸다. 키 190센티미터에 육박하는

거구의 남성이 성큼 들어왔다.

"호호호, 저는 준비가 끝났네요."

단테스였다. 워낙 몸집이 크다 보니 그에게 맞는 메이드복이 하나도 없었다. 결국 급하게 찾아낸 것이 동대륙의 차이나 드레스다. 푸른색 차이나 드레스로 여장을 했는데, 아무리 봐도 이건 남자의 여장 이상으로는 보이지 않는다. 그러나 재미는 있는지 부채를 파닥이며 오호호호! 마나님의 미소를 짓는다.

'미친 새끼.'

지젤은 작게 욕설을 내뱉는다. 그도 그럴 것이 많은 여성들이 그런 단테스의 모습에 홍조를 띄며 즐거워하는 게 아닌가.

그동안 단테스 자식은 알파도 파의 숨은 권력자로서 두려움의 대상이었다. 그 자식이 뭘 하고 뭘 입고 다니든지 상관할 바가 아니었다. 그녀의 어린 양들이 몹시도 그를 두려워했으니까. 그러나 오늘 하루는 달랐다.

지젤은 여성 학우들을 무척이나 사랑했고, 당연한 말이지만 자신의 꽃밭을 망치는 모든 존재들을 증오했다. 샨만 빼고.

샨이 물었다.

"저 이제 고개 들어도 돼요?"

"잠시만, 뒤에 리본 좀 새로 달고. 아니, 그냥 자연스럽게 푸는 편이 나으려나? ……음, 됐어. 머리 들어도 돼."

샨은 모두 앞에서 그제야 천천히 고개를 들었다. 순백의 피부 위로 눈결이 내려앉았다. 창백하게만 보이던 뺨이 블러셔로 핑크빛으로 물들었다. 긴 속눈썹 아래로 유리구슬 같은 연보라색 눈이 깜빡였다. 안구 마법을 통해 인위적으로 만든 색깔이지만 빛을 받으면 붉은 빛으로, 때로는 붉은 빛에서 짙은 살구색으로 보이기까지 했다.

염색을 마친 머리카락은 긴 금빛을 만들었다. 고전풍 미녀처럼 보이기 위해 머리에 약간 웨이브를 넣었는데 누가 봐도 절세 미녀 그 자체였다. 그것도 동화 속에 나오는 그런 공주님.

다만 공주님의 표정이 무척이나 냉랭했다. 그러나 그게 보는 사람으로 하여금 심장에 구멍을 뚫을 것만 같았다. 천하의 단테스조차 그런 샨을 보고는 잠시 말을 잃었다.

"……."

모든 이가 그런 샨을 보고 아무런 말을 하지 못했다. 그러나 샨은 그 모습을 어떻게 해석했는지 얼굴을 붉히며 되레 사과를 했다.

“죄, 죄송하네요. 실망시켜서. 아무리 그래도 남자인 제가 여장을 한다는 건…….”

“아닙니다. 샨 형제님.”

단테스는 한쪽 무릎을 꿇고는 샨의 두 손을 꼬옥 붙잡았다. 그 모습이 마치 평생 공주를 지키겠노라 언약하는 기사 같았다. 하필 둘 다 사내놈이고 둘 다 여장만 하지 않았다면…….

썩은 미소를 짓는 블루 타워의 학생들을 뒤로하고 단테스가 말을 이었다.

“이제 샨 형제님께 드려야 할 것이 있군요. 이것만 하면 마무리가 될 겁니다.”

“뭐, 뭘 준다는……?”

단테스가 품에서 꺼낸 건 붉디붉은 적포도주였다. 동시에 이 광경을 보고 있던 모든 이들이 경악을 금치 못했다.

‘먹일 거냐! 저 아이한테!’

‘악마 같은 놈! 저런 순진무구한 어린 양에게 무슨 짓이야!’

샨이 저 술의 의미를 깨닫기가 무섭게 단테스는 샨을

붙잡은 두 손에 힘을 주었다. 벗어날 수가 없다. 단테스가 허허 웃으며 말했다.

"일하기 전의 술 한 잔은 황금을 줘도 바꿀 수 없는 휴식이라고 하죠."

"저, 저기…… 다……단테스……!"

샨이 뭐라고 말하기 전에 단테스는 정령을 이용해 코르크 마개를 땄다. 그 앞에서 자신은 학칙을 지킬 생각이고 살려 달라는 구조 요청 따위는 이미 아무래도 상관없는 모양이었다.

샨이 채 저항하기도 전에 단테스는 샨을 자신의 겨드랑이 사이에 꼈다. 그러고는 술병을 우악스럽게 입에 쑤셔 넣는다. 뭐라고 하기도 전에 샨은 꿀꺽 술을 들이켰다.

……그…… 그런데 맛있다? 샨은 과거 자신이 술 먹고 무슨 짓을 벌여 왔는지는 까맣게 잊고 있었다. 마치 젖병을 문 어린 아이처럼 꿀꺽꿀꺽 술을 들이키기 시작했다.

단테스는 선량하게 웃으며 샨의 등을 두드렸다.

"맘에 든 모양이시군요. 형제님. 나이트의 신께서도 기뻐하실 겁니다."

샨은 호탕하게 한 병을 다 비우고는 소매로 입술을 쓱 닦았다. 립스틱이 번졌지만 그걸 생각할 정신 같은 건 없어 보였다. 샨이 풀린 눈으로 배시시 미소를 지었다. 그러자 뺨에서 빛이 쏟아지는 것 같은 아찔한 기분이 들었다. 그 순간, 모두가 정신을 놓았지만 지젤만큼은 제정신이었다.

'악마다. 악마야.'

샨은 술에 취해 딸꾹거리더니 이윽고 짧은 혀로 말했다.

"술 마시쪄~!"

단테스가 엄지를 치켜들었다.

"후후후, 이걸로 시동이 걸렸군요."

샨, 아니 샤이린은 그렇게 물 나이트에 출격했다. 한편으로 카이는 단테스의 손에 안겨 라온 교수님께 맡겨지는 치욕에 시달려야 했다. 마마를 지켜야 한다는 결의도, 단테스의 탐욕 앞에서는 부질없는 것. 카이는 절대로 오늘을 잊지 않으리라 어금니를 딱딱 부딪쳤다.

6.

레드 타워, 한창 불꽃 요리 축제로 성황이다. 각 가문에서 자랑하는 비전 요리들을 한껏 뽐내는 나날들이었다. 물론 각 가문의 체면이 걸렸기 때문에 심사의원에게 로비를 하기 위해 늘 기회를 노리고 있었다. 심사의원을 맡은 크롬의 머리 위에서 수많은 자제들이 시체 본 대머리 독수리처럼 빙글빙글 돌고 있는 것도 그 때문이다.

그중에 한 놈은 철판 스파게티 안에 블루 다이아를 넣었는데 멋도 모르고 먹다가 송곳니로 씹어 버렸다. 크롬이 보석을 뱉자 그놈은 고개를 끄덕이며 회심의 미소를 지었다. 그러나 돌아온 건 어느 멍청한 새끼가 더럽게 음식에 돌을 넣었냐는 일갈뿐이었다.

주인은 학생회 일원들에게 양팔을 붙잡혀 끌려갔고, 뇌물 삼아 들어간 그 보석은 경매로 내놓아 학생회비로 사용하기로 결정했다.

그런 나날이었다. 그냥 그렇게 보낼 나날들이었다.

크롬은 매일 반복되는 무료함에 질려만 갔다. 샨 녀석이 호객하던 물 나이트나 가 볼까, 진지하게 고민도 했다.

'안 될 말이지. 귀족의 긍지도 잃고 그런 천박한 가게에 내가 갈 성 싶으냐!'

뼛속부터 진골 귀족인 크롬에게 있어서 하늘이 두 쪽이

나도 해서는 안 될 짓이었다. 어디 남녀가 경박하게 살을 맞대고 어둠 속에서 춤을 춘단 말인가. 아니, 그 전에 상대방의 땀이 닿을 게 아닌가. 거리가 가까우면 타액이 튈 수도 있으며 자칫했다가는 병균이 옮을 수도 있는 일이었다. 과거 결벽증과 신경증을 동시에 앓아 온 그로서는 그곳은 악의 소굴 그 이상도 그 이하도 아니었다.

그는 만사에 지친 몸을 쉬고자 근처 유리온실에 들어가 잠시 앉아 있었다. 그의 친위 기사이자 시종, 네반 경에게는 나 피곤하니 어디 구석에 꺼져 있으라는 신호를 친히 날리면서.

새하얀 벤치에 앉아 양팔을 젖은 빨래처럼 축 늘어뜨렸다. 검은색 베이스에 붉은 자수가 들어간 정장은 이번 시즌 패스 신상품으로 나온 한정판이다. 황실 납품 디자이너였던 끌레르망이 프리랜서로 활동하며 남성용 정장을 한 땀 한 땀 만들기 시작했는데, 작은 커프스 하나에도 80가지 공정을 거친다. 평상시라면 자외선에 옷이 바래면 어쩌냐며 양산까지 챙겨 나올 그였다. 그런데 햇빛 가장 잘 들기로 소문난 유리온실, 그것도 그 한복판에서 대자로 다리를 벌려 몸을 널고 있다니.

네반 경은 구석진 곳에서 눈물 젖은 손수건을 뜯었다.

'그만큼 무료하신 거지. 우리 주군…….'

언제나 저러고 나면 피바람이 몰아치곤 했다. 히스테리가 심해지면 항상 결벽증이 도지시는 터라 닦아라 쓸어라 새로 해 놔라 온갖 잡일을 시키는데, 재수 없으면 '저 새끼는 세균 덩어리다. 개선의 여지가 보이지 않으니 성 밖으로 폐기처분해 버려라.' 하는 평민 서러운 소리를 아낌없이 내뱉어 버릴 때도 많았다.

그때 아녀자들의 걸음 소리가 사박거렸다.

"어머, 그거 들었니?"

"알아알아. 블루 타워의 그 미소녀 말하는 거지? 우리 학교 학생도 아니면서 원정 나왔다는?"

"직접 보니까 엄청 예쁘더라. 그게 사람이니? 얼굴이 주먹만 해."

휴식에 방해가 되었는지 크롬의 눈썹이 꿈틀거렸다. 타이밍이 좋지 않았다. 네반 경이 알기로는 그의 주군은 이런 상태에서 누군가가 방해하는 걸 무척이나 싫어했고, 여자라고 봐주는 분이 아니었다. 분명 이대로라면 저 두 여인은 일생일대의 트라우마를 보고 만다!

크롬의 눈꺼풀이 슬쩍 열렸다. 한 소리를 하려던 찰나, 그녀들이 입술을 열었다.

"이름이 뭐였더라? 샤……이…… 뭐지?"

"샨 친척 동생이라는 소리는 들었어."

그 순간, 크롬이 몸을 벌떡 일으켰다. 네반은 이마를 탁 쳤다. 일 났다.

7.

그의 주군에게는 첫사랑이 있다. 과거 신입생 환영회 때 딱 한 번 마주치고 두 번 다시 보지 못한 그녀가 있었다. 샤이린. 성도 모르고 그 이름이 진짜 본명인지도 알 수 없었다. 그러나 적어도 확실한 것은 그녀는 붉은 구두를 흘렸고, 주군은 매일 아침마다 그녀의 구두를 최고급 유니콘 털로 만든 수건으로 한 번 닦고는 가장 잘 보이는 곳에 올려놓는 게 하루 일과의 시작이라는 사실이다.

그토록 찾아 헤맸건만 단 한 번도 본 일이 없었다. 네반은 알고 있다. 그의 주군은 게이도 독신주의자도 아니다. 그 나이까지 약혼자는커녕 변변히 교제하는 여성 한 명도 없었던 이유는 그때 만났던 그 빨간 구두의 소녀를 기다리고 있기 때문이었다. 마음 같아서는 그런 여자 빨리 잊으라고 하고 싶지만, 감히 그의 주군 앞에서 그런 충심에 찬 간언 따위 했다가는 귀싸대기 처맞고 바닥을 굴러야 한다.

그의 주군께서는 아부도 싫어하지만 충언도 몹시 싫어하신다. 감히, 이 몸 가는 길에 너 따위가 왜 참견하느냔 말이다. 그냥 작살이다. 프라이드가 높은 정도가 아니라 본인이 프라이드고, 프라이드가 곧 나인 신존심합일(身尊心合一), 자존심의 화신 같은 존재께서 그 계집에게 빠진 지도 오랜 시간이 지났다.

주군이 먼저 한 일은 그녀를 좇아 블루 타워로 달려가는 게 아닌 기숙사로 돌아가 새 옷을 준비하고 꽃단장을 하는 일이었다. 그러고는 방 한편, 가장 잘 보이는 곳에 놓여 있던 붉은 구두를 유리 상자 안에 다소곳이 넣는 것이었다.

'대체 그 계집은 누구란 말입니까. 주구우운.'

인생이 프라이드 그 자체인 이 인간이 홀딱 빠질 정도라니. 그 여성은 사실 여자가 아니라 마녀는 아닐까. 네반은 진지하게 고민했다. 그러고는 주군이 꽃단장을 하는 사이 네반은 가장 강하고 날카로운 칼을 챙겼다.

네반의 추론에 따르면 그 계집은 평범한 여자가 아닐

거다.

제국을 주름잡는 대 마이어하트 가문이다. 제국 최대의 곡창 지대를 소유하고 있고, 모든 상단은 마이어하트 가문의 영지를 지난다. 수백 년간 쌓아 올린 부와 권력은 제국 황제에 버금갈 정도다. 그런 가문의 외아들이다. 정통 후계자. 그렇다고 외모가 모자란 것도 키가 모자란 것도 아니다.

성격……. 성격이야 다소 조금 개성적이시지만, 그래도 그간 주군께 작업 거는 레이디들이 많았던 걸 생각해 봤을 때 저런 성격도 레이디들의 세계에서는 꽤 먹어 주는 모양이다.

그런 남자가 아무 말 없이 그저 한결같이 기다려 주고 있는데, 어느 여자가 넘어오지 않겠느냔 말이다. 분명 그 여자는 알려진 귀족은 아니다. 주군께서 내로라하는 귀족 가문 여식들의 명단과 초상화를 샅샅이 훑는 걸 봐 왔다. 그렇다는 건 평민이거나 진짜 사교계 진출조차 하지 않는 변방 여식이라는 건데, 그런 여자가 주군을 돌같이 봐? 과연 그게 평범한 여식이 할 법한 행동이란 말인가?

'말도 안 되는 소리.'

결국 답은 나와 있다. 그년은 미친년이다. 아니면 독한 년이거나.

아무튼 정상은 아닐 거다.

과거 미모로 주군을 남색의 길로 유혹하려 했던 알테리온가의 독사, 샨 알테리온보다도 악독한 년일 것이 틀림없었다.

'제 충의가 마지막이 될지도 모르겠습니다. 주군.'

그저 미친 여식이라면 괜찮겠지만, 만약 악독한 년이라면. 그것도 주군에게 어떤 해를 가할지도 모르는 그런 위험한 년이라면…….

스르릉—

네반은 칼날을 뽑아 응시했다.

베리라. 베어 버리리라. 그로 인해 주군에게 평생 원망을 듣는 한이 있어서라도, 주군의 손에 찢겨 죽는 한이 있더라도 그년을 제거하리라.

그게 바로 충신 네반 경이 사는 방법이었다.

경국지색이라는 이야기가 있다. 나라를 기울게 할 정도의 미모라고 하는데, 물 나이트에 등장한 새로운 마돈나가 그런 미모라 한다. 어디나 그렇듯 여자 싫어하는 남자는 없는 법.

갓 오픈한 물 나이트 앞에는 남자들이 꽃 한 다발씩 들고 장사진을 이루고 있었다. 거기에 물 좋기로 소문난 물 나이트 웨이터들의 얼굴을 보러 온 여성들까지 가세하여 나이트의 줄은 끊임없이 이어졌다.

"우선 수질 관리차 여성부터 받죠."

여성의 경우 테이블 합석이 빈번하게 이루어지다 보니 회전율이 높다는 게 단테스의 지론이다. 우선 가장 먼저 좌석을 배정하되 다른 남성들과 좋은 다과회를 열 수 있도록 주선하는 게 우선이었다.

그때 헛기침 소리가 밀려왔다. 학생부가 오고 있다는 신호. 단테스가 손을 펼쳐 수신호를 만든다. 그러자 잘 교육된 웨이터들은 모든 증거를 은폐했다.

크롬이 물 나이트에 도착한 건 그때였다.

줄의 길이를 보아하니 아무래도 한두 시간 안에 들어갈 수 있을 것 같지가 않았다. 네반이 눈치 좋게 먼저 들어갈 방법이 없나 고심한다. 그러나 입구에는 율케스가 버티고 섰다.

돈으로 매수당할 인물이 아니었다.

뒤를 보니 주군의 짜증이 밀려오는 소리가 들리는 것 같았다. 다시 말하지만 그의 주군은 사람이 많은 걸 몹시, 몹시, 몹시 싫어하신다.

어떻게 해야 할까.

네반은 일생일대의 위기를 느낀다.

8.

샨, 아니 샤이린은 지옥을 보고 있다. 술 깬 지는 이미 오래고, 정신을 차려보니 파도처럼 밀려오는 구혼자들뿐이다. 샨은 같은 남자로서 저놈들에게 주먹을 꽂아주고 싶은 충동을 애써 눌러 참는다. 그래서는 안 됐다. 지금의 그는 샨이 아니라 샤이린이다. 지젤이 무얼 위해 화장을 겹겹이 칠했던가. 표정이라도 망가졌다가는 정체가 들통 나는 수가 있다. 지난번 같은 허술한 여장이 아니었다. 블루 타워의 특제 비약으로 목소리까지 변조하고, 요정 가루를 사용해 전혀 다른 사람처럼 보이게끔 보조 마법까지 걸었다. 그러나 인상만 조금 달라졌을 뿐, 멀쩡한 얼굴을 못생기게 바꾸지는 못하는 모양이다. 아니, 그건 단테스가 용납하지 않는다.

그는 수질의 요정이니까.

주문을 받은 샨은 음료를 쟁반에 받아 옮겼다. 왜건으로는 이 어둡고 좁은 곳을 지나기 어렵다. 결국 두 개고 세 개고 쟁반에 담아 움직인다. 다리에 마력을 집중해 균형을 유지한다. 처음에는 여성용 하이힐 때문에 세 걸음도 못 걷던 것이 나중에는 쟁반 세 개를 들고 옮길 정도로 능숙해졌다. 요는 발끝으로 걷는 게 요령이다. 무인들의 보법은 언제나 발끝부터 시작한다. 대나무 끝을 걷는다는 느낌으로 발끝에 무게중심을 이동시킨다.

또각또각.

샨의 구두소리는 보통 처자들이 내는 소리보다 맑은 음이 울렸다. 걸을 때마다 골반의 움직임이 생동감이 있었다. 풍성하게 묶은 머리칼이 움직임에 따라 역동적으로 울렸다. 원래 지젤이 웨이브를 준 머리칼이지만 이대로는 제대로 일하는 것도 쉽지 않아 포니테일로 묶었다.

황금색 포니테일이 흔들릴 때마다 블루 타워의 모든 웨이터들은 벽을 움켜쥐고 심각하게 자신의 성 정체성에 대해 고민해야 했지만.

샨은 무인으로서의 또 다른 깨달음을 경험하며 고양이처럼 걸었다.

"이, 이것 받아주십시오!"

또 장미꽃이다. 샨은 무뚝뚝한 표정으로 대답했다.

"주문은 뭘로 하시겠습니까?"

"제 마음입니다!"

"주문 없으시면 돌아가겠습니다."

샨, 아니 샤이린의 딱딱한 발음에 구혼자의 부푼 꿈이 와르르 무너져 내렸다. 샨은 살구색 눈동자를 내리깔고는 그를 향해 차갑게 뇌까렸다.

"좋은 밤 보내십시오. 감사합니다. 물 나이트 웨이터 샤이린이었습니다."

엄연히 말해서 웨이트리스라고 말해야 하지만 거기까지 말하고 싶지는 않았다. 구혼자는 충격을 받았는지 그만 장미를 땅에 툭 떨어뜨리고 말았다. 샨은 그 붉은 사랑의 장미를 구둣발로 지그시 밟았다.

꾸득—

지젤은 깨달았다.

'샨, 슬슬 한계네.'

평상시의 샨이라면 결코 하지 않을 짓이다. 모든 이가 샨, 아니 샤이린의 미모에 경탄하며 작업을 걸기가 바쁘다. 방금 어떤 놈은 술에 취해 샨의 엉덩이에 손을 얹었다가 지옥을 맛보기까지 했다.

여장 지옥 속에서 날파리처럼 찝쩍이는 사내놈들 받아 주느라고 정신이 너덜너덜해진 모양이다.

그래도 본성이 선하고 책임감이 강한 아이라 저 선에서 끝났지 보통 사람이었으면 판을 엎었어도 여러 번 엎어 버렸으리라.

'단테스는 알고 저러는 걸까나. 곤란하네.'

지젤은 식은땀을 흘리며 미소를 짓는다.

가게 구석에서는 차이나 드레스를 입고는 오호호호 부체를 흔드는 단테스 여사님이 계신다. 이미 자신이 여장을 했다는 사실도 잊어먹고 돈을 줄지어 세우기에 여념이 없었다.

그때였다.

강렬한 살기가 입구에서부터 터져 나왔다.

소닉 블레이드가 입구를 가르며 날아온다. 다행히 율케스가 검을 뽑아 검기를 맞받아쳤다.

콰아아아앙!

검기와 검기가 맞부딪치며 무시무시한 소리를 만들어 낸다. 이 정도의 검술 실력을 가진 이는 흔치가 않았다. 율케스가 한눈을 판 사이 대기 줄이 흐트러진다. 사람들이 비명을 지르며 도망치기가 바빴다.

"무, 무슨 일이래?"

지젤이 놀라 비명을 지른다. 샤은 방금 주문한 무알콜 칵테일이 쏟아지지 않게끔 쟁반의 균형을 유지하며 몸을 가볍게 띄워 스테이지 봉을 붙잡아 몸을 고정한다.

야생동물을 뛰어넘는 움직임에 지젤은 감탄한다. 아니, 그게 중요한 게 아니었다. 문 앞에서 살기가 더욱더 강해졌다.

검격은 이타, 삼타, 사타 날아오기 시작했다. 정원이 쑥대밭이 된다. 율케스는 검을 뽑아 이타, 삼타를 튕겨 내고, 마지막 사타는 검을 날려 정면으로 후려친다. 이렇게 직접적으로 검기를 떼서 날릴 수 있는 경지가 되려면 적어도 소드 마스터는 돼야 했다.

그것도 소드 마스터 초입은 불가능하다. 적어도 중수 이상은 되지 않으면 안 된다. 그 증거로 율케스는 괴한의 공격에 버거워하며 주르르 밀려난다. 마침내, 공세를 이겨 내지 못하고 율케스의 몸이 3미터는 넘게 부웅 떠서는 바닥에 주르륵 밀려났다. 착지.

율케스는 검을 검집 안에 집어넣는다. 스톰 브레이커가 귀기를 품으며 울어 젖힌다. 폭풍을 머금은 투명한 검날.

차르르르르르—

그와 동시에 스톰 브레이커와 비교도 되지 않을 사악한 기운이 폭사된다.

귀살마도, 일섬(一殲)!

살기를 품은 검기가 율케스를 향해 육박한다. 율케스는 발도를 한다. 검기를 품은 칼날과 단단한 칼집이 부딪치며 푸른 스파크를 만든다. 흡사 번개를 뽑아내듯 율케스의 검기가 귀살마도를 쳐 낸다.

카아아앙—!

고작 칼과 칼이 부딪쳤을 뿐인데 파공음에 고막이 터질 정도였다. 흙먼지가 자욱하게 피어올랐다. 지젤은 서둘러 천막 밖으로 나갔다. 흙먼지가 사그라지며 보인 것은 새카만 장발의 남성이었다.

안경을 낀 이 남성은 한 손에는 마검을, 다른 한 손에는 푸르딩딩한 솜덩이 인간의 뒷덜미를 쥐고 있었다. 티스였다. 도저히 곰 인형 옷이었다고는 짐작하기 어려운, 걸레짝이 된 무언가를 입고 있었는데, 얼굴은 인형 옷보다 더 처참했다.

티스는 쌍코피를 터뜨리며 소리쳤다.

"샨 도망쳐어어어어!"

샨, 아니 샤이린은 한순간 사고가 정지했다. 왜 학교

축제에 형이 와 있는 것이며, 왜 한 손에는 걸레짝이 된 친구를 들고 있단 말인가.

자신은 샨이 아니라 샤이린이라고 변명하고 싶은 충동이 일었다. 그러나 그게 통할 형이 아니란 건 샨도, 에론도 잘 알고 있었다. 티스가 멈춰 있는 샨을 향해 다시 소리 질렀다.

"니 형 개미쳤어어어!!"

원래부터 미친 형이었지만.

티스는 뒷말을 삼킨다. 샨은 그 순간 힘을 끌어 모은다. 아차, 카이를 하필 라온 교수에게 맡겨 버렸다. 드래곤의 마력이 없으니 심장이 텅 빈다. 달의 마력이라도 끌어당기고 싶지만 지금은 한낮, 뜨지도 않은 달이 그에게 힘을 줄 턱이 없었다. 샨은 조금이나마 몸에 잔류해 있는 카이의 마력을 샅샅이 긁어모은다. 심장에서 척추를 타고 상단전과 하단전을 지나 무릎으로, 마침내 발바닥 오목하고 부드러운 곳까지 운영해 낸다. 샨이 유일하게 마력을 보낼 수 있는 통로, 하반신.

탕!

알테리온 기본 보법, 윈드 워크.

샨의 다리가 천막 지지대를 박찬다. 하이힐 뒷굽으로

다음 지지대를 휘감은 후, 천막을 타고 놀라운 속도로 튕겨나간다. 그러나 그걸 놓칠 에론이 아니었다. 에론은 그 순간 '샨' 이라고 불렸던 낯선 여인의 뒷모습을 발견한다. 놀라울 정도로 아름다운 여성이다. 에론은 살아생전 이렇게 아름다운 여인을 본 적이 단 한 번밖에 없었다.

'어머니.'

그의 어머니와 똑 닮은 여성이 천막 지지대를 박차는 것을 본 순간 에론은 이성을 잃는다. 저 알테리온식 보법은 그가 친히 자신의 동생에게 가르쳐 준 그것이었다. 에론은 짜증스럽게 혀를 찬다. 율테스의 검격이 그의 머리칼을 자른다.

서컹!

애지중지하던 머리카락 끝이 잘려나가자 에론은 다른 한 손으로 검을 뽑아 들었다. 사람들은 착각하고 있다. 에론은 한 손 검사가 아니다. 양손 검사다. 그것도 단일 무력으로 소드 마스터 서넛은 찜 쪄 먹을 그랜드 마스터 경지를 눈앞에 두고 있는 자.

에론의 진정한 실력을 율케스는 알고 있다. 그 순간, 율케스는 검격을 거두고 방어에 집중했어야 했다. 그러나 과거 에론을 스승으로 모셨을 때의 공포가 척추를 타고 밀려온다. 한때 에론은 고통을 느끼지 못하는 그를 찍어 누르고 손수 신경 하나하나를 발라가며 고통을 가르쳐 주었다. 스승으로서의 애정이라고는 전혀 없는, 스승이라기보다는 조련사에 가까운 그 행위에 율케스는 영혼이 손상되는 기분을 느꼈다.

한순간의 공포가 그의 손을 둔하게 만들었다. 그리고 그의 스승은 인간을 인간으로 보지 않는 이었다. 특히 언제 동생의 피를 탐할지 모르는 뱀파이어라면 더더욱.

블루 크리센트가 그의 검격을 튕겨 내는 것과 동시에 귀살마도가 율케스의 어깨에 파고든다.

힘줄을 찢고 어깨뼈 관절 사이, 신경이 집중된 곳을 칼날이 파고들었다. 검사라기보다는 솜씨 좋은 외과의에 가까운 솜씨였다.

그의 애검, 귀살마도가 뼛속까지 냉기를 빨아먹고 깊게 파고들었다. 지독한 한기에 율케스는 고통을 맛본다. 그의 일생에 단 한 번도 고통이라는 감각은 없었다. 그게 무엇인지 궁금한 적도 많았다. 그러나 에론을 만난 후에 그는 통각이 무엇인지 깨닫게 된다. 그리고 인간이 어째서 고통을 두려워하는지, 그들이 평화롭게 아침에 일어나 밤까지 일하고 돌아가는 이유가 단순히 언젠가 올 고통을 이겨 낼 돈을 벌기 위해서라는 걸 이해한다.

치료약을 사든 진통제를 사든, 어찌 되었건 인간의 태반이 늙고 병들고 고통스럽게 죽어가니까.

율케스는 봉인 피어싱을 풀려 한다. 에론은 그 행위가 무언가 위험하다는 것을 육감만으로 깨닫는다. 자신의 두 번째 검 블루 크리센트로 그의 남은 손등을 찍어 버린다.

"크아아아아아아악!"

손바닥 뼈 네 개를 정확하게 관통해 버렸다. 에론이 속삭였다.

"잘 들으십시오. 짐승 새끼. 내가 지금 댁의 머리통 대신 손을 찌른 건 그저 한때나마 댁이 내 제자였기 때문입니다. 아무리 재생력 강한 뱀파이어라고 하지만 댁도 뇌가 날아가면 죽을 거 아냐. 나도 옛정이라는 게 있는 사람이니까요."

샤의 둘째 형은 제자의 양팔을 날려먹고는 스스로 정이 많은 사람이라고 주장하고 있었다. 그 주장이 옳든 그르든 별로 소용이 없었다. 법은 멀고 주먹은 가까운 법이니까.

에론은 율케스의 허리춤에서 스톰 브레이커를 뽑았다.

"그럼 잘 쓸게요. 아, 저항하지 않는 게 좋을 겁니다.

벌써부터 동결되기 시작했거든, 댁 팔. 움직이다 살점째로 부서지면 봉합 수술도 못 합니다."

그런 말을 태연하게 지껄인다. 그러고는 귀살마도를 어깨에 꽂아 둔 상태로 블루 크리센트만 뽑아간다. 이윽고는 잔상을 남기며 샨이 사라진 방향을 향해 사라진다.

샨은 카이 쪽을 향해 내달렸다. 라온 교수가 있는 연구실이 가까워질수록 카이의 마력이 느껴지기 시작했다. 샨은 카이를 부르고 싶었지만 마스터 체면이 있지, 여장한 자신의 모습을 보여 주고 싶지는 않았다. 특히 미친 형에게 잡혔다가는 카이에게 무슨 불똥이 튀길지 누가 아느냔 말인가. 그나마 다행인 것은 카이에게 접근하면 접근할수록 카이의 마력이 반지를 통해 빠른 속도로 들어오기 시작했다는 것.

샨은 왼쪽 눈까지 발동시킨다. 인간의 움직임, 사물의 핵이 투영되어 보이기 시작했다. 샨은 구둣발로 막다른 골목, 벽을 후려친다.

퉁!

가벼운 일격만으로 벽이 가루가 되어 부서진다.

샨은 부서진 벽 안에 들어간 척 자신의 흔적을 남긴다.

그러나 실제로는 벽을 타고 수직으로 질주한다! 보통이라면 100% 속을 일이다. 티스와 숨바꼭질을 한두 번 겪은 샨이 아니었다. 그러나 그의 형에게는 통하지 않는다. 주저 없이 벽을 타고 샨을 쫓아 보법을 운행한다.

'아, 미치겠네. 혀어엉!'

잡히면 죽는다. 형의 분노가 여기까지 느껴지니까.

에론은 그런 샨을 보며 내심 감탄한다. 보법에 대한 이해도만큼은 그의 동생이자 샨의 셋째 형, 아르고를 뛰어넘는 이가 없다. 어릴 때부터 아르고는 싸움을 싫어했다. 정확하게 표현하자면 수행 그 자체를 귀찮아했다. 그런 아르고가 가장 잘하는 건 토끼는 것.

흥정은 붙이고 싸움은 말리라는 이야기가 있다. 아르고는 딱 그렇게 살았다.

그런 아르고보다도 지금의 샨이 더 빠르다. 에론은 살짝 당황한다. 그게 가능한가? 아무리 그래도 연륜이라는 게 있다. 이제 겨우 신입생 딱지를 뗀 샨이 산전수전 공중전을 다 겪은 아르고보다 빠르다는 게?

체중 이동, 공기를 가르는 움직임, 마력의 운용, 무엇 하나 못 하는 게 없었다. 결정적으로 샨에게는 센스가 있었다. 무인으로서는 설명할 수 없는 그런 감각이 샨에게는 있었다.

에론은 시험 삼아 방금 빼앗은 율케스의 스톰 브레이커를 샨을 향해 던졌다. 물론 죽일 생각으로 던진 건 아니다. 그저 샨의 진로를 방해할 생각이었다.

칼날이 부메랑처럼 핑그르르 돌며 샨을 향해 쇄도한다. 샨은 마치 토끼처럼 몸을 튕겨 커브를 튼다. 아니, 트는 것처럼 페이크를 넣더니 에론의 속도가 반사적으로 줄어들었다는 걸 깨닫자마자 오른쪽으로 급가속을 넣는 게 아닌가!

'이런 움직임은 미리 계산에 넣지 않으면 힘들다.'

그걸 처음부터 해낸다는 건가?

에론은 스톰 브레이커를 공중에서 탁 받아 채고는 다시 샨을 향해 달려간다. 샨에게는 치명적인 약점이 있다.

그건 바로 체력.

어릴 때부터 몸이 약했던 녀석이다. 애초부터 몸에 근육이 잘 붙지도 않는 녀석이다. 작정하고 몸을 혹사시켜봤자 30분이 한계다.

그때 학생회가 신고를 받고 달려온다. 블루 타워 회장과 에론의 눈이 부딪친다. 학생회의 마법이 날아온다. 에론은 블루 크리센트를 반월로 휘두른다.

카앙!

마법 튕겨 내기.

한 치의 오차도 없는 기계적인 검격이 마법을 정확하게 튕겨 그들을 향해 도로 쏘아 버린다. 자기가 날렸던 마법이 다시 되돌아오자 학생회는 한순간 패닉에 빠진다.

에론이 말했다.

"신분증 삼아 하나 날려드리죠."

그의 검이 스파크를 내며 검기를 뿌린다.

서컹!

바로 뒤, 거대 종탑이 고작 일격에 무너진다. 소드 마스터의 증거. 학생회장은 검고 긴 머리카락, 소드 마스터급의 실력, 그리고 어깨에 느슨하게 걸려 있는 붉은 카디건을 보고 깨닫는다.

"에, 에론 알테리온? 이런, 공격 중지!"

나라의 고위 관료를 목표로 한 귀족치고 에론을 모르는 이는 거의 없다. 검술 실력이야 뛰어나다는 소문만 들었지 마스터급의 실력을 눈으로 보게 될 줄은 몰랐다. 거기다가 마법을 튕겨 내다니!

마왕도 잡을 능력이다. 대체 어디 사는 용사란 말인가.

알테리온 가문은 무슨 집안싸움도 이따위 스케일인지. 상대가 에론인 이상 학생회에서 나선다고 될 문제가 아니다. 적어도 교수님들이 나서야 할 일이었다. 아니, 그 전에, 엉덩이 무거운 교수님들께서 남의 가정사에 낄 리가 없었다.

도망치던 샨은 입 안이 바짝바짝 탔다.

이 모습을 에론에게 걸린 것도 끔찍한 일인데 그걸로 모자라 잡히기라도 한다면 자신에게는 무엇이 기다리고 있을까. 적어도 이렇게 광분한 에론은 단 한 번도 본 적이 없었다.

여장이라니, 알테리온 가문에서 여장 남자가 나오다니! 만약 아르고 형이나 리오 형이 그런 짓을 했다가는 호적을 파도 백번은 파 버렸을 일이다. 그래도 금이야 옥이야 기르는 막내이니 호적이야 파겠냐마는 어쨌든 그에 준하는 벌이 기다리고 있으리라.

그때 샨 뒤에서 폭발이 터졌다.

콰아아아앙!

샨을 공격하는 게 목적이 아닌, 에론을 방해하는 게 목적인 공격이다.

화염의 기색을 읽고 샨이 뒤를 돌아본다. 화룡 플라멜

이 날개를 펼치고 있었다. 플라멜 위에서 크롬이 뛰어내린다.

"레이디, 피하십시오."

'레이디?'

'뭐, 무슨 레이디?'

샨과 에론은 동시에 똑같은 생각을 던졌다. 그러거나 말거나 크롬은 용감무쌍하게 에론에게 검격을 날린다. 에론은 놈의 공격을 막으려다 말고, 회피한다.

에론이 있던 자리가 움푹 패인다.

콰아앙!

에론은 단번에 상대가 염동력을 가졌다는 걸 깨닫는다. 무영창 주문, 형태를 갖고 있지 않은 마법, 마법이라기보다 거의 의지에 가까운 이것은 감히 그의 애검으로도 튕겨 낼 수 없는 마법이다.

"샨의 친구군요. 지난번에 본 적이 있었죠? 크롬 마이어하트."

율케스야 인간이 아니니 죽을 정도의 공격이 아니라면 하루 밥 잘 먹고 잠 잘 자면 회복하겠지만 크롬은 입장이 달랐다. 저 녀석은 인간이다. 어깨에 귀살마도가 박히면 다른 사람들처럼 평생 팔 병신으로 살아야 하는 그런 평범한 인간. 샤은 도주를 포기한다.

"도망쳐!"

샤의 말에 크롬이 살짝 고개를 갸우뚱한다.

아차, 샤은 목소리에 마법이 걸렸다는 걸 깨닫는다. 아니 그 전에 여장한 자신의 모습을 크롬에게 들키고 싶지 않았다. 크롬이 검으로 에론을 가리킨다.

"아무리 친척 동생이라고는 하지만 도가 지나치지 않소! 에론 알테리온 경."

친척…… 동생?

에론이 샤을 바라본다. 샤이 시뻘게진 얼굴로 에론의 시선을 피한다. 크롬이 말을 잇는다.

"샤과 달리 샤이린 양은 연약한 여성이지 않소! 대체 왜 이런 짓을 저지르는 거요? 에론 경은 알테리온가의 다른 자들과는 달리 신사적이라고 들었는데."

물론 에론은 장남 리오 형처럼 주먹으로 폭포 가르기를 시도하지도, 아르고처럼 마피아들과 결탁해 장사를 하지도 않는다. 엄연히 말하면 에론은 문관으로 황실의 행정과 전략을 주도할 뿐이지 칼 밥 먹고 사람 도살하지는 않는다. 그러나 뚜껑을 열어보면 신사적이라는 표현과는 백만 광년 다르다는 걸 샤은 알고 있었다.

에론이 샨을 향해 말했다.

"샤이린…… 양이라고?"

샨이 고개를 세차게 끄덕인다. 이윽고 검지로 자기 입술을 쓱 문질러 신호를 보낸다. 여장한 동생, 평소와는 다른 반응. 샤이린이란 가명.

에론의 두뇌가 빠르게 굴러간다. 애초부터 조용히 붙잡아 돌아가면 될 일이다. 이런 일로 가문 망신시킬 필요가 어디 있겠는가.

"비키십시오, 크롬 마이어하트. 아직 어리니 경이라는 호칭은 붙이지 않겠습니다. 그 아이와 저의 집안일이니 더 이상의 참견은 용서치 않겠습니다."

에론은 샨의 정체를 구태여 밝히지 않기로 했다. 그러나 크롬은 막무가내다.

"이 소녀가 원치 않는 일이오! 나는 길을 비키지 않겠소."

"제가 저 아이에게 그 어떤 폭력도 휘두르지 않겠다고 약조해도 말입니까."

"샤이린 양이 원하지 않는 일은 하지 않겠소. 설령 이 목숨을 걸더라도."

크롬의 검 끝에 오러가 피어오르기 시작했다. 그는 드

래곤의 마법과 드래곤의 의지. 거기에 염동력까지 사용할 수 있는 자였다. 그러나 에론은 저 자식의 판판한 면상을 세로로 그어 버리고 싶은 충동을 억누른다.

"이해가 가지 않는군요. 크롬 마이어하트 군. 어째서 그렇게까지 하는 겁니까."

에론의 질문에 샤의 심장이 터질 것만 같았다. 크롬은 여기서 해서는 안 되는 단 한마디의 말을 선언하고 만다!

"내가 이 레이디를 마음 깊이 연모하고 있기 때문이오."

쿠웅—

"연……모……요."

"레이디께서 나를 어떻게 생각하고 있든, 나는 마음 깊이 그녀를 경애하고 있소."

뭐 임마?

샤는 크롬의 멱살을 붙잡아 탈탈 털고 싶은 충동을 억누른다. 그러나 그래서는 안 됐다. 그 앞에서는 샤는 샤이린이어야 했다. 자신의 이 치욕적인 모습을 들켰다가는 일평생 놀림감이 될 터. 그것만은 막고 싶었다. 거기다가 저 콧대 높은 자식이 연모한다고까지 고백했다.

샤이린 양을 경애한다고.

피가 거꾸로 솟는 기분이다. 이제는 돌아갈 수 없는 강을 건넌 셈. 절대로, 죽어도! 저 자식에게 정체를 들키는 일만은 있어서는 안 된다! 그러나 샨의 결의와는 다른 의미로 에론의 피는 거꾸로 솟고 있었다.

"둘이 무슨 일이라도 있으셨던 모양입니다?"

기이했다. 차갑고 냉정했던 그의 입가에 미소가 그려져 있다. 에론이 웃자 샤이린의 표정이 폭탄이라도 밟은 것처럼 퍼렇게 질리기 시작했다. 이상했다. 크롬은 에론을 다시 돌아본다. 공기를 억누르던 살기가 봄날처럼 흩어진다. 그는 웃고 있었다. 확실히.

"과거 신입생 환영회 때 짧은 만남을 가졌소. 그녀는 날 두고 도망쳤지만, 이제는 두 번 다시 놓치지 않을 셈이오."

"두 번? 처음도 아니고 두 번이라고 말씀하셨습니까? 샤이린을 두 번 만났다고요."

샨은 울고 싶어졌다. 형법에도 초범은 일부 형량을 감형해 주거나 한다. 처음 한 번 정도는 인간이면 누구나 실수할 수 있기 때문이다. 그러나 두 번째라니.

샨은 손바닥으로 자신의 이마를 탁 치고는 턱까지 주르륵 쓸어내렸다. 지젤의 화장이 조금 번졌지만 지금의 샨에게는 그런 생각조차 사치였다. 에론이 물었다.

"손이라도 잡으셨습니까? 진도는?"

"말조심하시오, 에론 경. 레이디께서는 그런 가벼운 분이 아니시오."

"……후, 후하하하하하!"

에론은 흡사 무슨 좋은 일이라도 생긴 것처럼 웃어젖혔다. 샨은 미친놈이 정상인 짓을 하면 더 미쳐 보인다는 진리를 깨달았다. 그의 둘째 형은 편집증이 있었고, 강박증이 있었으며, 소시오패스에 사이코패스이기도 했고, 집착증도 있었다. 이 모든 단점에도 불구하고 황실에서 그를 기용하고 형이 멀쩡하게 국정을 돌볼 수 있는 이유는 단 하나였다.

이 모든 것을 다 무시할 정도로 형은 똑똑했고, 불만분자 한둘 정도 야산에 파묻는 건 아무렇지 않을 정도로 강했기 때문이다.

"카이, 카이야. 어디에 있니……."

샨은 드래곤 마스터들의 고질적인 증상, 용의존증을 보이며 저도 모르게 카이를 찾았다. 그만큼 샨의 멘탈은 붕괴되고 있었다.

오로지 진실을 모르는 크롬만이 이 중에서 가장 제대로

정신을 유지하고 있었다.

“아무튼 무력을 사용하고 싶지 않소. 에론 알테리온 경. 그대의 가문과 우리 가문이 그리 사이가 좋은 것도 아니고, 이런 일로 가문 간의 전쟁에 방아쇠를 당겨서는 안 되지 않소.”

저 병신이 뭐라고 그러는 거니.

결국 샨은 울음을 터뜨리고 말았다. 크롬은 샨, 아니 샤이린 양의 눈물을 보고 크게 감격했다.

‘후후후, 내 모습에 감동한 모양이군. 걱정 마시오. 샤이린 양, 그대는 내가 지키겠소.’

그러고는 엄지손가락을 척 치켜들고는 그녀를 안심시키려 했다. 샨은 지옥을 보고 있었다. 이건 업보다. 업보가 틀림없었다. 과거 아르고 형 때와 마찬가지였다. 분명 샨은 전생에 크롬의 집을 불태우고 가족을 강간하고 사람을 도살했을 거다. 그게 아니면 이 악연을 설명할 길이 없었다.

이윽고 마치 사형을 집행하듯, 에론의 입술이 열렸다.

“마이어하트 군. 저는 아주 오랜만에 상쾌한 기분이 드는군요. 아주, 아주, 아주 오랜만입니다. 마이어하트 군께서 평범한 청년이고, 여기가 아닌, 인적이 드문 골목에서 그딴 소리를 지껄였다면, 마이어하트 군의 시체는 아마 영원히 찾을 수 없었을 겁니다. 손톱 한 조각, 뼈 한 톨 남기지 않고 제가 도살했을 테니까요."

에론의 긴 머리칼이 바람에 부드럽게 찰랑였다. 율케스의 공격으로 끝이 조금 잘려나갔지만 그것마저도 마치 원래 의도한 하나의 패션 같았다. 샨은 에론 형의 표정을 읽기 위해 애써 보았지만 알 수 없었다. 붉어지기 시작한 오후의 빛이 에론의 안경에 반사된다. 흐려지는 빛 사이로 그의 입꼬리가 말려 올라간다.

그는 매우 차분하고 나긋나긋한 어조로 한 자 한 자 정확하게 발음했다. 마치 어조만 들으면 평범한 사람의 일상적인 대화 같은 느낌이었다.

"제가 군을 도살하지 않는 이유는 순전히 군 뒤에는 마이어하트란 가문이 있고, 군을 죽여 가문 간의 전쟁이 돼버리면 저희 아버님께서 가만히 있지 않으실 것이기 때문입니다. 저희 아버님은 평화주의자이시고, 정의로우시기까지 하셔서 제 팔다리 한 쌍씩 자르는 한이 있더라도 제 신병을 마이어하트 가문에 넘겨 버리고 전쟁을 끝내실 게 뻔하거든요."

살기는 없었다. 협박도 아니었다. 그럼에도 크롬은 기

묘한 악의 같은 걸 느꼈다. 사람을 붙잡아 발아래 깊은 어둠으로 끌어내리는, 그런 악의가 느껴졌다.

바람이 다시 밀려온다. 에론의 머리칼이 마치 날개처럼 부풀어 오른다.

"군의 가장 큰 죄는 안면인식장애라는 겁니다. 큰 죄는 아닙니다. 그저 눈이 삐어 사람을 못 알아볼 뿐이니까요. 그러나 전쟁터에서는 아주 작은 죄로도 손톱을 뽑아 내고, 혀를 끊어 버리곤 하죠."

에론의 어깨 위로 오후가 무너져 내렸다.

그의 그림자가 악의를 타고 크롬을 덮었다. 에론은 매우 담담하게, 홍차나 한잔하자는 투로 말을 이어나갔다.

"마이어하트 군은 군의 아버지께 감사하셔야 합니다. 군의 조부와 그분들께서 모은 재산과 권력에 감사하셔야 합니다. 그게 바로 제가 지금, 군에게 전쟁터에서와 같은 규율로 죄를 묻지 않는 이유이기 때문입니다. 지금 이 자리에서, 가문이 있고 목격자들이 있는 한 군의 잘못은 그냥 평범한 실수일 뿐입니다, 마이어하트 군. 그러니……."

희미한 미소가 햇살을 받아 붉게 물든다. 그의 하얀 장갑이 크롬을 향해 손을 내밀었다.

"비켜 주시죠, 마이어하트 군. '샤이린' 양은 그 어떤 폭력도 당하지 않을 것이고, 군이 걱정할 만한 그 어떤 짓도 당하지 않을 것입니다. 가문을 걸고 약조하지요. 뭐, 다소의 훈계는 있을 수 있겠군요."

그 훈계가 뭐가 될지, 샨은 몸을 부르르 떨었다.

"……."

크롬은 입을 다물었다. 에론이라는 사람에 대한 파악이 다 끝나지는 않았지만, 적어도 이 인간도 똑같은 알테리온이고, 어떤 의미에서는 일전에 만났던 샨의 셋째 형보다 위험한 인물이라는 건 알 것 같았다. 그러나 그게 자신의 첫사랑을 포기할 이유가 되지 않는다.

"난 그녀의 곁을 떠나지 않겠소. 이 심장이 멎는 한이 있더라도."

크롬이 검을 뽑아 들었다. 그가 에론의 공격을 몇 번이나 막아 낼 수 있을지는 스스로도 미지수다. 그러나 해야 한다. 해내야 했다. 그녀를 위해서라도.

에론은 고개를 삐딱하게 들었다. 이윽고 그가 입술을 열었다.

"알겠습니다. 마이어하트 군. 저는 군을 도살하고, 평생 아버님과 당신의 가문에게서 도망쳐야겠군요. 죄책감으로 애처롭게 떨고 있을 저의 프리마돈나 샤이린 양을 데리고요. 단 둘이, 평생."

어째 기뻐 보였다. 에론의 목소리에서는 작은 희열마저 느껴졌다. 이쯤에서 샨은 그저 모든 것을 벗어 버리고 자신의 정체를 밝혀야겠구나, 결심했다. 무슨 일이 일어나든 에론 형이 생각하는 그 엔딩보다는 나을 테니까.

"크롬! 자…… 잠깐만! 저 밝힐게요. 저 사실……."

그때였다. 10닉스 동전의 포탄이 둘 사이를 가로지른다.

타앙!

단테스였다. 차이나 드레스를 갈아입지도 않고 단테스가 부채를 휘휘 저었다.

"죄송합니다. 신사 숙녀 여러분. 제가 이 상황에서 도움을 드릴 수 있을 것 같군요."

크롬이 단테스를 향해 검 끝을 척 겨눈다.

"어디서 온 레이디인지 모르겠지만, 샤이린 양을 데려가는 것이라면 내 가만히 있지 않겠다!"

'재도 못 알아보는 거냐! 저렇게 화장을 엉성하게 해놨는데? 딱 봐도 단테스잖아!'

'과연 눈이 삔 게 맞군.'

알테리온가의 두 형제는 동시에 같은 생각을 했다.

아무튼 단테스는 땅에 탁 내려앉으며 오호호 웃음을 터뜨린다. 어찌 되었건 이 사태의 진정한 흑막은 단테스였다. 애초부터 저 녀석이 여장하라 강요하지만 않았어도 이런 일은 생기지 않았으리라. 단테스가 말했다.

"차라도 마시면서 머리를 식히도록 하죠. 샤이린 양도 대화할 생각이 있지 않으십니까?"

있다. 있고말고! 방금 전까지는 도망치고 싶은 생각만 100%였지만, 이제는 무릎을 꿇어서라도 에론 형, 제발 대화 좀 해 달라고 사정이라도 하고 싶다.

단테스가 말했다.

"그러면 어떠십니까. 크롬 군?"

"그렇다고 해도 그녀의 신변이 안전하리란 보장이 어디에 있나?"

"흐음, 이렇게 하죠. 크롬 군까지 삼자대면을 하는 겁니다. 어때요? 에론 알테리온 경."

에론은 잠시 생각에 잠겼다. 샨은 양손을 모아 에론을 향해 사정하는 제스처를 취한다. 에론은 그런 샨을 슬쩍 본다.

"저기 저, 샤이린 양이 삼자대면에서 발생할 그 책임을 본인이 질 수 있다면.”

크롬이 끼어들었다.

“역시 난 반대다. 연약한 샤이린 양에게 그런 짓은 너무 가혹하지 않나.”

하이힐을 신고 말을 뛰어 넘는 스피드로 에론과 술래잡기를 한 시점에서 이미 연약과는 거리가 한참이나 멀어진 그녀였다. 그러나 크롬은 꿋꿋이 그녀의 가련함을 주장했다.

단테스가 손가락을 탁 튕겼다.

“그러면 이렇게 하죠. 샤이린 양 대신 샨이 오면 어떻습니까? 애초부터 샨 군께서 건강상의 문제로 샤이린 양에게 대리를 부탁했으니까요.”

에론이 되물었다.

“건강?”

단테스가 활짝 웃었다.

“네, ‘표면적’으로는요.”

행간에 숨어 있는 말을 읽어 내고는 에론이 고개를 끄덕였다.

“전 찬성합니다.”

크롬이 대답했다.

"나도 그 조건이라면 반대할 이유가 없지."

삼자대면 성립. 그때였다. 단테스는 어깨에 매우 묵직한 압력을 느낀다. 마치 누군가가 손을 콱 잡아서 누르는 것 같은 그런 압박. 아니나 다를까 실제로도 누군가가 그렇게 하고 있었다. 단테스가 힘겹게 뒤를 돌아본다.

에녹 교수였다.

"정확히 말하면 사자대면이지. 에론 알테리온 경, 방금 경께서 본교의 내 관할 기숙사 학생에게 상해를 입혔다는 신고를 들었네."

율케스 말하는 건가. 에론은 쯧 혀를 찼다. 기왕 이럴 거였다면 율케스 놈을 더 죽여 둘 걸, 아쉬운 마음이 들었다.

에론이 말했다.

"좋습니다. 사자대면을 하도록 하죠."

에녹이 단테스를 향해 무뚝뚝하게 말했다.

"단테스, 너는 징계다. 오늘 일에 대해 일부 책임을 물게 될 것이다. 판결에 따라 막대한 반성문과 장기간의 봉사활동, 그리고 정학 처분이 기다리고 있을 수도 있다."

"단테스? 네가 단테스였나!"

크롬은 그제야 너무 놀라 경악했다. 동시에 샨과 에론

과 단테스와 에녹은 급격한 짜증이 밀려왔다. 그러나 넷 모두 무시하기로 했다.

어찌 되었건 에녹 교수가 그냥 넘어가는 법이 없었다. 일이 이렇게 커질 줄은 몰랐지만 교칙은 교칙.

단테스는 허리를 굽혀 대답했다.

"지당한 말씀이십니다."

"그러면 모두 내 연구실로 모이고. '샤이린' 양은 돌아가서 샨을 데려오도록."

9.

샨은 수도꼭지를 비틀었다.

쏴아아아—

흐르는 물에 화장을 닦아 냈고, 눈물도 함께 닦아야 했다. 오늘은 최악의 하루였다. 누가 뭐래도 최악의 하루다. 여장한 것도 모자라 크롬에게 그 모습을 보여야 했고, 원치 않은 고백마저 들었다. 심지어 형에게 걸리기까지 했다.

"마마, 울어?"

돌아온 카이가 샨을 위로했다. 샨은 그런 카이를 끌어안고는 숨죽여 울었다. 지금 이 순간만큼은 블루 타워의 모두가 다 미웠다. 단테스가 미웠고, 지젤이 미웠다. 여장 찬성표를 던졌지만 그 결과 에론에게 짓밟혀야 했던 율케스와 티스에게는 미안함과 원망이 반반 섞였다.

그놈의 여장이 뭔지, 샨은 울면서도 지젤이 준 실크 레이스 메이드복을 벗어 흐르는 물에 빨았다. 에론 형과의 도주에서 많이 더럽혀졌다. 얼룩만이라도 빼서 돌려줄 생각이었다.

티스가 봤다면 '아이고, 이 순둥이.' 라고 했겠지만, 지금은 티스도 곁에 없다. 에론 형이 말 그대로 아작을 내놔서 율케스와 나란히 양호실에 누워 있기 때문이다. 물 나이트는 중간에 에론 형이 난입했지만 그럭저럭 돈 잘 벌고 잘 끝낸 모양이다.

단테스의 장사 수완 덕분이겠지.

샨은 작게 생각했다. 그 결과 앞으로 에녹 교수에게 꽤나 고생하게 되겠지만.

이윽고 샨은 다시 눈물이 터져 나왔다.

오늘 겪은 일은 평범한 소년에게는 견디기 힘든 하루였다.

"카이, 나 학교 그만둘까……?"

분명 에론 형은 샨에게 학교를 그만두라 말할 거다. 그렇지 않으면 오늘 일을 아버지에게 다 불어 버리겠노라고.

아르고 형을 제외하고는 모두 샨이 학교에 다니는 걸 마땅치 않아 했다. 그나마 아르고 형도 샨이 몹시 하고 싶어 하니까 찬성해 주는 눈치였고.

샨은 다 놓아 버리고 싶은 충동이 밀려왔다. 카이는 그런 샨의 눈물을 핥아 주었다. 카이는 자신이 용이라는 게 원망스러웠다. 지금 이 순간 마마에게 해 줄 수 있는 게 아무것도 없었다.

카이를 끌어안은 샨의 손이 떨렸다.

죽은 친우가 떠올랐다. 류인 황자의 손이, 그 마지막 핏빛 미소마저 떠오르자 눈물은 멈추지 않고 계속해서 터져 나왔다.

"나, 그만 둘까. 응? 카이?"

"마마……."

카이는 그 어떤 대답도 해 줄 수 없었다. 그저 샨의 뺨에 자신의 볼을 부비며 주인의 슬픔을 핥을 뿐이었다. 밖에는 어둠이 내렸다.

이름 모를 거대 물고기가 유유히 물살을 가르며 지나갔다. 샤은 고요한 수면 속에 자신을 파묻었다. 어두운 하루가 소년을 파묻고 파묻었다.

샤은 결국 자신의 긴 머리카락을 잘라 냈다.

다듬으려면 미용사에게 맡겨야겠지만, 그건 나중 일. 샤은 거울에 비친 자신의 모습을 한참이나 그렇게 바라보았다.

10.

에녹 교수와 에론은 차를 한 모금 마셨다. 신전 안에 있는 건 단 둘뿐이었다.

연구실에서 모인다는 말은 거짓, 실상은 아이들을 떼어 놓기 위한 어른의 거짓말이다. 실제로 두 사람이 모인 곳은 신전이다. 그렇게 신전에 딸려 있는 작은 응접실에서 두 사람은 마주 보고 차를 끓였다.

천장 위, 스테인드글라스의 빛을 받으며 에녹 교수는 단아하게 앉아 있었다.

엘프, 그것도 전설을 장식하던 영웅이다. 한 사람의 무력이 전쟁을 바꿀 수도 있다는 살아 있는 예였다.

에녹 교수는 물의 수호자였으며, 신마대전을 종결시켰다.

전략가라면 누구라도 그에 대해 알고 싶어 했다. 그건 기묘한 경외감 같은 것이었다. 그렇기에 오래된 전략서에는 그의 이름이 종종 들어가곤 했다. 고작 한 사람의 힘으로는 전쟁의 판도를 바꿀 수 없다는 룰을 깬 장본인에게 바치는 찬사. 그러나 그를 앞에 두고 에론은 무심하게 차만 들이킬 뿐이었다.

에론이 그를 앞에 두고 하는 생각이라고는 '유사시에 이 거리에서 저자를 벨 수 있는가 없는가.' 뿐이었다. 결론은 가능하다는 것, 그러나 그를 완전하게 죽이는 이미지는 좀처럼 떠오르지 않는다. 이런 느낌은 그의 큰형, 리오를 봤을 때와 비슷했다.

눈앞에 있는 이 남자는 리오보다 말끔하게 생겼고, 리오보다 체구가 작았으며 무엇보다 오랫동안 검을 놓은 자의 손을 갖고 있었다. 차를 끓이고 따라 내는 솜씨는 몹시도 정갈해서, 보는 이로 하여금 감탄을 느끼게 할 정도였다. 하얀 도자기 찻잔을 단아하다 할 수 있다면, 이 사내는 그런 종류의 단아함을 가지고 있었다.

행동에 꾸밈이 없고, 손길은 부드럽고 사려 있었다. 그럼에도 불구하고 빈틈이 보이지 않는다. 에론은 차를 들이키며 상대 남자의 목젖, 급소가 될 만한 부분을 살핀다.

7수.

정확히 7번의 합으로 에론은 한쪽 팔을 날리고 사내의 목을 취한다. 그러나 뭔가 숨겨진 패가 깔려 있을 터. 오래된 엘프라면 더더욱.

"아우를 몹시 귀애(貴愛)하는 모양이더군."

귀하게 사랑한다. 엘프는 이제는 좀처럼 사용하지 않는 고풍스러운 단어를 내뱉었다. 에론이 대답했다.

"그 아이는 모친께서 제게 남겨준 유일한 선물이니까요."

에녹 교수는 에론의 끈끈한 시선을 읽어 낸다. 인간에게는 영겁에 가까운 시간을 살아오며 수많은 자들을 만나봤다. 그러다 보면 에론 같은 자들을 만나곤 한다. 일그러진 사랑과 비틀린 정신을 가졌음에도 강인한 몸과 그에 필적하는 지능을 가진 자들을.

결정적으로 이 사내에게는 악의 같은 게 있었다. 자신이 원하는 것 외에는 무관심한 타입이기에 샨만 쥐여 주면 배부른 사자처럼 지낼 인물이다. 그러나 그런 건 샨에게도, 샨을 소중히 여기는 다른 이들에게도 불행이다.

'고생이 많군. 샨 알테리온.'

오랜 세월을 살아왔지만 에론 정도로 비틀린 인간은 흔치 않았다. 만약 누군가가 샨을 암살한다면, 과연 이자는 어떻게 변할까.

'샨을 죽인 자를 고문해 죽이는 선에서 끝난다면 차라리 해피 엔딩이겠군.'

과거 에녹 교수가 알던 자는 연인의 죽음을 눈앞에서 경험했었다. 연인은 한 나라의 왕녀로, 적국의 왕에 의해 암살당했었다. 연인을 잃은 그자는 미쳐 버렸다. 그자가 먼저 한 일은 적국을 멸망시키는 일이었다. 보통 왕국이 멸망한다면 그 왕국의 시민들은 노예로 팔린다. 그러나 그러지 않았다.

씨를 남기지 않았다. 모든 백성을 단 하나도 남기지 않고 도살했고, 왕족과 귀족, 그리고 그들의 시종들은 산 채로 매장시켜 버렸다. 그리고 왕은…… 왕은…….

……에녹 교수는 생각하기를 그만둔다.

어찌 되었건 그 후, 그 남자의 화살은 엉뚱하게도 왕녀가 있었던 자신의 모국에게 돌아갔다. 왕녀를 지키지 못한 죄는 크다. 그는 또 다른 적국에 귀화해 병사를 이끌고 자신의 모국을 처참하게 망가뜨렸다. 남자의 광기는 거기서 멈추지 않았다. 그 후, 왕녀를 되살릴 방법을 찾아 전전하다가 결국 리치, 죽은 흑마법사를 되살리는 데 성공한 뒤, 시체를 일으키고 죽은 영혼을 이승에 다시 부르고 마족을 불러 영혼을 계약하며, 대지에 살아 있는 지옥을 불러일으켰다.

그를 죽인 게 에녹 교수였다.

'친우, 내 마지막 친우여. 여기 그대와 똑같은…… 아니, 어쩌면 더한 인간이 눈앞에 있네.'

연인이 아닌 친혈육이지만 그 집착은 더하면 더했지 결코 덜하진 않는다. 물론 갖고 있는 힘도, 지능도, 심지어 제국에서의 영향력마저도 이쪽이 더 강했다. 그나마 이성이 있어서 '형으로서 샨에게 미움을 받지는 말아야겠다.'라는 자각은 하고 있기에 망정이지 그렇지 않았다가는 샨이 어떻게 망가졌을지 상상도 하기 어려웠다.

'처음 아카데미에 왔을 때, 샨 알테리온은 꽤나 수동적인 성격이었지.'

지금이야 또래 친구들 사이에서 지내며 주체성도 생기고 성격도 많이 자유로워졌지만, 그 전의 샨은 어떻던가.

에녹 교수는 순수하게 자신의 애제자인 샨 알테리온을 걱정했다.

샨의 둘째 형은 지극히 위험한 사람이었다. 그럼에도 불구하고 막을 방법이 없었다.

피는 물보다 진하고, 형제의 인연은 그 어떤 인연보다도 질긴 저주니까.

먼저 선수를 친 건 에녹 교수였다.

"샨 알테리온을 자퇴시킬 셈인가?"

"예전부터 학교에 입학시키는 건 탐탁지 않았습니다. 거기다 가문에 누가 되었으니 소중히 여기는 드래곤을 버리게 하는 한이 있더라도 그래야겠지요."

어떻게 들으면 굉장히 당연한 말이다. 그러나 에녹 교수는 행간에 담겨 있는 악의와 집착을 읽어 낸다.

"샨은 여기에 머물고 싶은 모양이던데."

"제 아우는 아직 어리고, 교육은 집에서도 할 수 있는 일입니다. 그게 힘들다면 제가 있는 황실 수도에 있는 다른 학교를 찾아봐도 되고요."

기어코 곁에 두겠다는 건가.

에녹 교수는 작게 혀를 찼다. 대체 어째서 둘은, 이 둘은 친형제로 태어난 건가. 아무리 좋게 봐줘도 이건 악연 그 이상도 이하도 아니다.

어찌 되었건 이대로 둔다면 샨 알테리온은 이 학교를 떠나야 한다. 샨 본인도 꽤 지친 눈치이니 이번만큼은 큰 저항을 하지 못할지도 모른다. 에녹 교수는 샨 같은 애제자를 잃고 싶지는 않았다.

무엇을 제시해야 할까.

에론 알테리온, 이 사내가 덥석 물 만한 것이 무엇이 있을까.

11.

"속았군."

크롬이 옷을 갈아입고 연구실에 들어가 있은 지 벌써 45분이나 지났다. 에녹 교수가 누군가. 시간 약속 하난 칼 같은 인간, 아니 엘프 아니던가. 차라리 라온 교수라면 어디서 처자고 있겠거니 포기할 텐데, 그것도 아니다.

찾으러 나가 봐야 하나 크롬이 생각했다.

그때 노크가 두 번 울리더니 문이 조용히 열린다. 샨이었다. 눈가가 붉은 게, 또 어디 구석에서 울다 온 모양이다. 거기다 젖은 메이드복을 보고 있자니 샤이린이 입고 있던 걸 또 빨아서 돌려주려고 홀로 사투라도 벌인 모양이다. 크롬이 짜증 섞인 목소리로 대꾸했다.

"너도 속은 건가?"

"속아?"

"니네 미친 형도, 교수님도 안 와. 분명히 우리는 떼어 놓고 자기들끼리 뭔가 숙덕이고 있겠지."

샨은 작게 숨을 토했다.

"너 어째 안심한 것 같다?"

샨이 고개를 저었다.

"아무것도 아니야. 차 끓여 줄까? 그렇게 오래 기다렸으면 손 많이 차가워졌을 거 아냐."

샨은 성큼 걸어가더니 교수님 찻장을 허락 없이 열었다. 그러나 거짓말을 한 건 교수님이고, 사람을 이렇게 기다리게 만들고 있는 것도 교수님이다. 찻잎 한 스푼 적선한다고 해서 뭐라 할 일도 아니다.

"샨 머리 잘랐네. 지젤이 보고 울겠는걸?"

"이쪽이 활동하기 편해서 잘랐어. 여자로 오해받는 것도 곤란하고."

크롬은 안면인식장애가 있는 게 틀림없다고 샨은 생각

한다. 차 뚜껑 여는 소리만이 고요한 방 안에 울렸다. 문득 크롬이 말했다.

“너 여기 와서 참 많이 변했다.”

“응?”

샨은 차 스푼을 꺼내 찻망에 찻잎을 털어 넣는다. 크롬은 어깨를 으쓱했다.

“지금이 더 보기 좋다고.”

샨은 머쓱하게 미소를 짓더니 물을 데운다. 크롬은 그런 샨의 뒷모습을 바라보다가 입을 열었다.

“샤이린…… 양 말인데.”

깜짝!

샨은 화들짝 놀라 차 스푼을 떨어뜨렸다. 크롬이 말했다.

“네 사촌인 줄은 몰랐어. 생각해 보니 닮긴 했더라.”

닮기만 한 게 아니다. 동일 인물이다. 샨은 얼굴이 귀까지 빨게져서 찻물만 열심히 휘저었다. 이렇게 된 이상, 이 일은 평생 비밀로 두고 무덤으로 가져가고 싶었다. 심장이 터질 것만 같았다.

샨은 앞으로 어떻게 크롬에게 둘러대야 할지 고민, 또 고민했다.

머리도 좋은 아이이니 잘못 거짓말했다가는 들통 나는 수가 있었다. 샨이 물었다.

"저, 저기 그 이야기는…… 나중에 해 줄래?"

"하하하하, 부끄러워하기는. 내가 나중에 샤이린 양이랑 잘 되면……."

"쿨럭! 쿨럭, 쿨럭!"

안 되겠다. 이젠 정말 한계다. 샨은 차를 끓이다 말고 몸을 일으켰다.

"나, 나가 볼게. 가, 감기가 심해진 것 같아."

그러고는 크롬이 붙잡을세라 부리나케 달려 나갔다. 크롬은 그걸 어떻게 해석했는지 웃음을 터뜨렸다.

"비싸게 굴기는."

알테리온 가문의 아내라. 분명, 아버지께서 달가워하지 않으시리라. 그러나 사랑 앞에서는 그 모든 것을 이겨낼 수 있으리라. 크롬은 두 주먹을 불끈 쥐었다.

이미 크롬은 그녀와 아들 하나 딸 하나 낳자는, 자녀계획까지 구상을 마친 상태다.

아들 하나는 절대 안 된다. 아들 하나는.

분명 자신과는 달리(?) 성격 더러울 테니까.

"그래. 이 몸 정도면 괜찮은 신랑감이지."

크롬은 거울을 보며 씨익 웃었다. 오늘 자신의 활약이 그녀에게 어떤 인상을 남겼을지 기대된다. 그는 샨이 남긴 차를 홀로 들이켰다.

교수는 이미 크롬을 까맣게 잊은 후고, 샨은 지젤에게 메이드복만 말없이 돌려주고는 방에 틀어박혔다. 크롬은 마지막에 마지막, 연구실 소등을 마칠 때까지 기다리다가 몸을 일으켰다.

4시간.

크롬의 인생에서 한 사람을 이렇게 기다려 본 일이 없었다. 그러나 어쩐지 화나지 않았다. 생전 처음 느껴보는 기이한 감정에 크롬도, 그의 기사 네반도 조금 놀랐지만 그저 그러겠거니 넘어갔다.

용암처럼 뜨거웠던 축제, 그 둘째 날이 그렇게 막을 내렸다.

12.

에녹 교수님이 대체 무슨 마법을 부린 걸까? 무엇을 대가로 제시했는지 알 수 없었지만 확실한 건 하나 있다.

그 미친 샨의 둘째 형을 진정시키고 샨이 학교를 계속 다니게 했다는 거다.

두 사람이 어떤 거래를 한 건지 샨은 감히 물어볼 엄두가 나질 않았다. 그저 에론 형과 함께 축제가 끝날 때까지 같이 다니는 것 외에는 샨이 할 수 있는 게 없었다. 그렇게라도 하면 형의 기분이 좀 나아질 테니까.

아침이 밝자마자 샨은 꽃다발과 과일을 사 들고 양호실로 향했다. 양호실에는 에녹 교수님이 느릿느릿하게 담배를 물고 있었다.

"음, 왔나?"

그는 그렇게 말하고 다시 책을 읽었다. 샨은 가볍게 선생님께 목례를 하고는 두 사람의 상태를 보러 갔다. 티스가 가장 먼저 샨을 알아보고 손을 흔들었다.

"여어, 애기야. 왜 왔어? 머리카락은 왜 그렇고?"

"아, 머리? 별거 아니야. 몸은 괜찮아?"

티스의 팔다리 곳곳에 깁스가 감겨 있다. 늑골도 부러진 모양이다. 티스가 말했다.

"천하무적 에녹 교수님이 계시잖아. 회복력을 최대로 올려놨으니 일주일? 그 정도면 다 나을걸."

어지간히 부러진 곳도 하루면 다 낫게 만드시는 분이

었다. 독이나 병에 걸린 것도 아니고 그분 능력으로 단순 외상을 치료하는 데 일주일이 걸릴 정도면 대체 얼마나 아작을 내 놓은 걸까.

티스가 낄낄낄 웃었다.

"니네 형은 미쳤어. 진짜야. 너 나중에 장가가게 되면 니네 형에게 말하지 마라. 신부 죽는다. 진짜로."

"미안해, 티스. 나 때문에……."

"괜찮아. 니가 나 때문에 죽을 뻔한 게 한두 번이냐. 그중에 하나 갚은 셈 치는 거지. 그래도 다져도 후유증은 안 남게 잘 다져 놓으셨더라고."

샨이 티스의 손을 꼬옥 잡았다.

"우리 아빠가 그거 잘하거든. 에론 형도 그래서 잘할 거야."

티스는 잠시 샨의 독특한 가정 사정에 할 말을 잃었다. 샨이 물었다.

"율케스는?"

티스가 대답했다.

"니네 형이 박아 놓은 칼 때문에 애 좀 먹었어. 혈관을 타고 피를 얼리고 장기를 멈추게 만드는 성질인데, 에녹 교수님도 고생 좀 하셨어. 보통 인간이었으면 저놈 죽었어."

샨은 진심으로 율케스가 인간이 아니라 뱀파이어인 것에 감사했다.

"율케스, 네가 마족이라서 진짜로 다행이야. 두 사람에게는 빚을 졌어. 미안해. 너무 미안해."

율케스는 작게 고개만 까딱였다. 티스가 말을 이었다.

"어서 가. 너 여기 계속 있으면 니 미친 형 찾아온다. 축제 끝날 때까지는 봉사해야지."

그 말에 샨은 웃음을 터뜨렸다. 티스는 샨의 머리를 쓰다듬으려다가 신음을 내지르며 깁스한 팔을 도로 내렸다. 힘을 주는 것조차 쉽지 않았다.

샨은 둘을 향해 크게 허리를 굽히고는 말했다.

"한동안 방 청소는 내가 다 할게."

"그래."

샨은 문을 닫고 나갔다. 창밖으로 샨의 뒷모습이 사라질 때까지 티스는 오랫동안 응시하다 말했다.

"당했다."

율케스가 대답했다.

"완전 패배."

티스가 어금니를 빠드득 갈았다.

"아, 씨발, 그 미친 형! 나야 곰돌이 인형 입고 마주쳤다고 해도 니 힘으론 어떻게 안 됐냐?"

"내 칼, 스톰 브레이커의 능력을 아직도 모르겠다."

"알면?"

율케스가 무뚝뚝하게 대답했다.

"비긴다."

티스의 이마가 휴지처럼 찌푸려진다.

"그러면 이기려면 어떻게 해야 하는데?"

율케스가 잠시 생각에 잠긴다. 이윽고 그가 담담하게 대답했다.

"내가 더 성장해야겠지. 그게 아니라면 네가 그렇게 좋아하는 치사한 수법을 쓰든가."

"둘이서 다구리?"

그 말에 율케스는 대답하지 않았다. 침묵을 긍정의 뜻으로 받아들인 티스가 씨익 웃으며 송곳니를 내보인다.

"좋아. 다음번에는 절대로 안 져."

"그래."

"죽었어. 미친 형!"

"응."

"……."

침묵이 다시 이어진다. 이윽고 티스는 진짜로 궁금하게 여겼던 그 질문을 내뱉는다.

"샨은 대체 그 형 성격을 어떻게 견디고 사는 걸까."

율케스가 대답했다.

"샨이니까 가능한 거지."

우문현답. 그 말에 둘은 고개를 끄덕였다. 다음번에는 절대 안 진다. 이런 우스꽝스러운 곰돌이 인형을 입고 만나는 일도 없을 거다. 사악함만으로 치자면 절대 에론에게 꿀리지 않는 두 사람이었다.

어느 날 밤 뒤통수에 짱돌을 날리는 한이 있더라도 이 원한은 갚고 말 거라고.

둘은 샨 몰래 결의했다.

13.

에론 형은 샨 앞에서는 언제나 웃는 낯이었다. 샨은 형에게 여장을 하고 어두운 곳에서 술을 배달하는 일은 다시는 없을 것이라 엄숙히 맹세했다. 이런 걸로 맹세씩이나 해야 하는 자신의 처지가 우스웠지만, 그렇게라도 하지 않으면 아버지에게 말하겠노라고 경고했기 때문이다.

사실 가문의 망신을 뛰어넘어 블루 타워 남학생들의 성 정체성을 뿌리부터 뒤흔들 만큼 기염을 토한 사태였지만 샨은 거기까진 몰랐다. 심지어 뒤늦게 일 거들러 온 학생들은 샨이 정말로 몸이 아파서 돌아갔고, 그의 사촌동생 샤이린이 왔다고 철썩 같이 믿고 있었지만 뭐, 그랬다.

샨의 여장은 본인에게도 블루 타워에게도 불행한 사태였다.

그저 이 불쌍한 소년은 세상 모두가 다 알아도 크롬 혼자만은 모르길 신께 기도했다.

아무튼 에론 형은 샨과 함께 축제를 즐겼다. 평범하게 솜사탕을 먹고, 각 기숙사에서 만든 다양한 마법 물품들을 사고, 레드 타워의 열혈 불꽃 요리 대회에서 대상을 탄 음식을 맛보기도 했다.

화이트 타워에서는 연금술로 만든 호문클로스 애완동물을 보고 감탄했고, 그린 타워에서 만든 정원을 즐기기도 했다.

샨과 에론은 마지막으로 블랙 타워 앞을 지났다.

블랙 타워에서는 저주 뽑기라고, 항아리 안에 680가지 저주 마법서와 딱 한 개의 최고 축복 마법서를 넣어 두고 그중에서 하나를 뽑는 기이한 행사를 하고 있었는데 샨이 흥미를 보였다.

카이가 샨의 어깨에 매달려 샨을 말렸다.

"마마, 하지 마. 하지 마."

저주 하면 샨 아니던가. 에론도 그건 말렸다.

"별로 현명한 선택이 아닌 것 같구나. 아우야."

샨은 덤덤하게 대답했다.

"마법 스크롤을 뽑는 거니까 발동만 안 시키면 돼요. 오히려 블랙 타워의 저주 마법을 배울 수 있는 기회이기도 하고요."

그렇게까지 말하니 말릴 명분이 없었다. 거기다 저주라고는 해도 재채기를 오래 한다거나 손등에 두드러기가 조금 나는 정도의 가벼운 장난이다.

"오, 샨 군. 오셨나요?"

안으로 들어가니 라온 교수와 그의 어둠의 애재자들이 화사하게 그를 맞이했다.

샨은 잠시 나가고 싶은 충동이 들었다. 하지만, 블랙 타워의 저주 마법을 연구할 수 있는 기회다. 이걸 놓치고 싶지 않았다.

라온 교수는 항아리를 흔들었다.

"샨 군, 요즘 그 불운 계속되고 있나요?"

샨이 고개를 저었다. 샨에게는 카이가 있었다. 카이와 함께라면 불행한 일 같은 건 좀처럼 없었다. 티스는 너의 그 미친 형과, 너한테 들러붙는 크롬 자식과 단테스 놈이 불행 그 자체라고 말했고, 단테스는 그런 티스를 비웃었다. 티스 그 자체가 불행의 사자이기 때문이다.

티스와 베스트 프렌드를 먹었다는 것 자체가 이미 샨에게는 고생문이 열린 거라고 단테스는 말했다. 자신과 다니면 돈이라도 많이 벌지. 그의 말에는 넬이 작게 긍정했다.

아무튼 샨은 항아리 안에 손을 집어넣었다.

그러고는 스크롤이 찢어지지 않게 조심스럽게 손으로 휘감아 뽑았다.

금색 인장이 박힌 스크롤이었다.

"오오!"

블랙 타워의 학생들이 손뼉을 쳤다. 라온 교수가 말했다.

"호오, 대단하시군요. 샨 군! 1급 축복 마법 스크롤을 뽑았어요."

"저, 정말요?!"

생애 첫 행운이다. 샨이 얼굴까지 붉히며 팔짝팔짝 뛰었다. 그러나 라온 교수는 음울하게 웃었다.

“재수 없는 샨이 그걸 뽑다니, 나중에 그걸로 혼쭐이 날 일이라도 생길 것 같은걸요?”

“부, 불길한 소리 하지 마세요.”

샨은 내심 불안해져서 반박했지만 더 이상 말하지 않기로 했다. 681분의 1의 확률이었다.

왠지 행운의 여신이 그에게 미소 짓는 것 같아 행복했다.

14.

마지막 날, 샨은 에론을 배웅했다.

에론 형은 열차에 트렁크를 올리고는 샨의 배웅을 반갑게 맞았다. 열차가 출발할 때까지는 조금 시간이 있었다. 샨은 품에서 조심스럽게 축복 스크롤을 꺼냈다. 1급 축복 스크롤이다. 이걸 찢으면 사용자에게 하루 동안 절대 행운을 불러들인다.

이걸 찢고 도박장에 가면 떼돈을 벌어오고, 전쟁터에

가면 반드시 살아올 수 있다. 단, 만드는 과정이 몹시도 복잡하여 만드는 것만으로도 10년의 시간이 소요된다고 한다. 다음번 스크롤이 만들어지려면 10년이라는 시간이 걸리는 일이었다.

샨은 평생의 남은 모든 행운을 여기다가 다 써 버린 건 아닐지 불안해졌다.

망설임도 잠시.

샨은 형에게 그 스크롤을 건넸다.

"샨, 이건……."

"또 전쟁 나가야 하잖아. 형."

"……."

에론은 더 이상 말을 잇지 못했다.

"소중한 물건이잖니."

"형이 살아 돌아오면 됐어."

에론은 병아리가 호랑이를 걱정하는 것 같은 기묘한 기시감을 느낀다. 대체 누가 누굴 걱정하는 건지, 에론은 받지 않으려 했다.

"내겐, 내겐 형이 있는 것만으로도 행운이니까."

"……내가 와서 힘들지 않았니."

"응, 조금. 그래도 기뻤어."

"앞으로도 넌 계속 힘들겠지. 난 그렇게 생겨 먹었으니까."

평상시의 에론 형이라면 절대 내뱉지 않았을 말이었다. 샨이 말했다.

"내 친구는 형이 조금…… 다른 사람보다 망가졌다고 해. 아르고 형은 에론 형 피해 다니느라 바쁘고. 누군 또…… 내가 불쌍하다고도 해."

에론은 부정하지 않았다.

"그래."

끝이 보이지 않는 집착이 이미 정상인의 범주를 넘었다는 건, 에론 자신도 알고 있었다. 그러나 멈출 수가 없었다. 할 수만 있다면 더 집착하고 싶었다. 샨을 묶어 자신만의 보석함에 영원히 집어넣고 싶었다. 속박하고 싶은 마음과 형으로서 사랑 받고 싶다는 마음이 엉켜온다.

왜 세 형제들 중 자신만 이렇게 망가져서 나온 걸까. 에론은 오랫동안 되뇌어 보았다.

답은 나오지 않았다.

그저 시간이 지날수록, 동생이 자랄수록, 어머니를 닮아갈수록, 집착은 더욱 기괴하게 뒤틀려 갈 뿐이었다. 샨이 말했다.

"그렇지 않아. 형."

"음?"

"형은 이 세상에서 무슨 일이 있더라도 내 편이잖아. 아빠가 절대로 용서 못 할 나쁜 짓을 저지르고 세상 사람들이 모두 날 손가락질해도 형만은 망설이지 않고 내 편이 되어줄 거잖아."

"……."

샨은 주먹을 꽉 쥐었다. 속에 있는 말을 털어놔야 했다.

"물론 애정 방식이 조금 다른 형들보다 유별나다고 해도, 나는 그게 잘못되었다고 생각 안 해. 왜냐면 형은…… 내 형인걸. 설령 무슨 일이 있더라도, 나는 형이 좋은걸."

에론은 작게 웃음을 터뜨렸다. 이 동생은 세상에서 가장 뒤틀린 가족에게 세상에서 가장 순수한 방식으로 애정을 표현하고 있었다.

알테리온가의 검은 뱀이 되어버린 자신을, 동생은 늘…… 염려하고 있었다.

자신의 뒤틀리고 어두운 부분마저 괜찮다는 듯이.

에론은 어머니가 생각났다. 어머니, 힘들 때마다 언제

나 안아 주시던 어머니.

에론은 동생에게서 어머니를 보고 만다. 왠지 눈물이 날 것만 같았다. 샨은 발돋움을 하고는 그런 에론을 끌어안았다. 자기보다 큰 체구를 끌어안다 보니 어딘가 어색했다. 그러나 그 품마저 따뜻했다.

사실 샨에게 늘 의지하는 건 자신이었다. 샨이 없으면 살아갈 수 없었던 것도 자신이었다.

에론은 그런 샨의 이마에 작게 키스했다.

"사람 조심해. 편지 부치고."

"응, 형도. 그리고 내 행운 받아줄 거지?"

에론은 금색 인장이 박힌 스크롤을 잠시 응시한다. 열차가 곧 출발한다는 안내음이 울린다.

거절할 수 없는 선물.

에론은 그 스크롤을 조심스럽게 받아 들었다. 샨이 웃었다.

"형, 사랑해."

"그래, 나 역시."

이윽고 열차가 미끄러지기 시작했다.

샨은 그 자리에 서서 열차가 완전히 사라질 때까지 손을 흔들었다. 당장 내일 형이 어느 하늘 아래, 어디 서 있을지 모르겠지만 적어도 그곳은 전쟁터 한복판이겠지.

형이 언제나 안전했으면 좋겠다고 샨은 조용히 기도했다.

Chapter 2

소녀의 침실은 누가 지키나

1.

축제는 그렇게 막을 내렸다. 그러고는 기다렸다는 듯 기말고사 성적표가 쏟아져 나왔다.

학년의 마무리를 짓는 성적표다. 이번 성적으로 올해 한 해 동안 받은 모든 성적의 평균값과 표준편차가 공개된다.

라온 교수가 너무 박하게 굴어서 샨은 솔직히 자신이 없었다. 교실에서는 에녹 교수가 무덤덤한 목소리로 한 명 한 명 학생을 호명했다.

"티스 이타카르."

티스는 성적표를 한 번 들여다보더니 우울함에 몸이 축 늘어졌다. 에녹 교수가 담담히 말을 이었다.

"보충수업 확정이다."

"으아아악! 교수님, 저한테 무슨 불만 있어요?"

"불평은 네 시험지에 하도록."

샨은 억장이 무너지는 기분이었다. 그렇게 요약 노트를 주고, 과외수업을 하고, 기출문제 족집게를 해 줘도 티스의 성적은 도통 오를 기미가 보이지 않는다.

교수님은 무덤덤한 목소리로 율케스를 호명했다. 율케스는 성적표를 받아 들고는 살짝 놀란 눈치였다.

"아슬아슬하게 보충수업은 면했군. 율케스 란츠크네. 기말고사 때 분발했더군."

샨이 알기로는 율케스가 티스보다도 조금 못한 성적이었다. 그런데 기말고사 한 탕 뛰어서 보충수업을 면했다? 보통 잘 본 정도로는 무리다. 이윽고 샨의 이름이 호명되었다. 샨은 떨리는 손으로 성적표를 받아 들었다.

"기말은 완전히 망친 모양이지만, 평소 실력이 널 살렸다, 샨 알테리온. 장학금은 학교 회계실에서 받아가도록."

장학금이다. 다들 혀를 내두르는 소리가 들렸다. 샨이

이번 기말고사를 망친 건 모두가 다 아는 사실이다. 샨은 천천히 성적표를 읽어 내려갔다.

라온 교수는 이번에도 멱살을 잡아 탈탈 털고 싶을 정도로 점수를 짜게 주었다. 그럼에도 버틸 수 있었던 건, 평소 과제를 많이 제출해야 하는 연금술학과 역사와 룬문자에서 높은 점수를 얻었기 때문이었다. 전부 기초가 있으면 어떻게든 버티는 과목들이었다.

샨은 안도의 한숨을 내쉬었다.

학비 전액 면제까지는 아니더라도 부분 반환까지는 됐다.

샨이 자리에 돌아가자 티스가 팔꿈치로 샨을 툭 쳤다.

"점수 나 좀 반 잘라 줘라."

그게 가능하면 얼마나 좋을까. 마지막으로 에녹 교수님이 교탁을 탁 쳤다.

"그리고 단테스!"

단테스가 몸을 일으켰다.

"너는 학교 봉사 70시간이다. 원래는 정학을 줄 생각이었으나, 교수 회의에서 라온 교수님이 널 감싸고돌더군."

단테스가 대답했다.

"평소 제 모범적인 행동에 라온 교수님께서 감동하신 모양입니다."

분명 이건 매수다. 뭔가 뒷거래가 있는 거다.

샨을 포함한 모든 학생들이 동시에 생각했다. 그러나 차마 입 밖으로 말할 수는 없었다. 에녹 교수님이 말했다.

"아무튼, 새 학기 남은 방학 짧게 잘 보내도록 하고, 성적표에 이상이 있는 사람은 각자 담당 교수님께 문의하도록. 이상!"

종례식이 그렇게 끝났다.

2.

티스의 보충수업으로 인해 율케스의 집에 놀러가기로 했던 약속이 반쯤 날아가 버렸다. 아마 티스는 보충수업 반 애들과 학교에 남아 3번의 재시험을 봐야 할 것이다.

여기서 탈락하면 영영 유급하게 된다.

한 해 동안 티스가 깨먹은 성적이 워낙 많으니 보충하는 것도 문제다. 샨은 한숨을 포옥 내쉬었다.

"이제 정말 널 놓아줘야 하나 봐."

"왜 날 놔! 놓지 말아 주시게나, 친구! 날 꽉 붙잡아 줘!"

"요점 정리 노트에서 거의 모든 문제가 다 나왔잖아. 한 번씩만 읽어도 이런 일은 안 일어났어."

티스는 움찔거리며 시선을 회피했다. 율케스가 물었다.

"그래서, 샤이라도 내 집으로 갈 건가?"

티스가 가로막았다.

"안 돼. 나 두고 놀러 가지마! 율케스, 너도 샨 형한테 검술 배워야 한다며! 그 미친 둘째 형!"

그게 문제다. 에론 형은 기본적으로 바쁜 사람이다. 율케스가 수도까지 가서 배운다고 해도, 샨 외의 다른 이에게 시간을 허비해야 한다는 사실은 변함이 없다. 분명히 엄청난 히스테리를 부려 댈 거고 율케스는 상상을 초월하는 수련을 하게 될 거다.

율케스가 대꾸했다.

"그렇게 해서 강해질 수 있다면 해야지."

샨은 작게 한숨을 내쉬었다. 티스는 학교에, 율케스는 수도로 가는 건가?

이렇게 되면 혼자서만 붕 뜨게 된다.

그때 넬이 교실 문을 열고 들어왔다.

"샨!"

샨이 기쁜 마음에 손을 흔들었다.

"넬! 무슨 일이야. 너희도 금방 끝났나 보네."

"응, 장학금도 전액 환불 받았어. 다음 학기도 무료라는군."

이번에도 최상위권을 놓치지 않았구나. 샨은 혀를 내둘렀다. 넬이 티스와 율케스의 눈치를 슬쩍 보더니 결심했는지 입을 열었다.

"이번 방학 때 우리랑 놀래?"

샨은 망설이지 않았다.

"응, 좋아!"

티스가 이마를 딱 쳤다. 그러나 이미 열차는 떠난 뒤, 소 잃고 외양간 고치기다.

3.

넬과의 겨울 방학이라. 샨이 가장 먼저 한 일은 참고서를 포장하는 일이었다. 넬은 평민 출신으로 학교에 가는 것만으로도 버겁다. 그런 집에서 신세를 지는 거라면 샨으로서는 거절할 생각이었다. 그도 그럴 것이 알테리온 가문도 사실 거의 평민과 다름없는 청빈한 삶을 살고 있다 보니 귀족이 아닌 사람들이 어떻게 살아가는지 잘 알고 있기 때문이었다. 하루하루가 사는 게 전쟁인 집에서 아무것도 안 하고 놀고먹고 남의 생활비를 축내며 피둥피둥 보낼 정도로 샨의 낯짝이 두껍지는 않았다.

그래도 다행인 것이 넬이 단테스와 동업하며 알파도가의 수입 일부를 수수료로 떼어 받기로 했고, 집안 사정도 크게 나아져서 이대로라면 돈을 주고 귀족 작위를 살 수 있을 정도란다. 이번에 가는 곳은 정확히 말하면 두 사람의 겨울 별장이다.

단테스가 과거 투기 목적으로 땅을 사 둔 곳이 있는데 땅값이 좀처럼 오르지 않자 넬이 사람을 시켜 별장을 지어 놓았다.

"해에, 이번 방학은 셋이서 보내는 거네?"

넬이 대답했다.

"단테스 여동생도 오기로 했으니 넷이겠지."

"넬은? 넬도 가족 같이 데려오면 좋을 텐데."

"……."

넬은 대답하지 않았다. 입은 웃고 있었지만, 그의 은회색 머리카락이 눈가를 어둡게 덮었다. 넬은 시선을 돌려 창밖을 바라본다.

"바빠, 우리 가족은."

그러고 보면 넬은 자신의 가족에 대해 말하는 일이 거의 없었다. 샨은 궁금했지만 더 이상 묻지 않기로 했다.

"아무튼 이번 겨울 방학은 재미있겠다. 밀린 책도 많이 읽고, 새 학기 예습도 해둬야지."

샨의 배려에 넬은 원래의 표정을 되찾았다.

"응."

유급의 위기 앞에서 울며불며 매달리는 티스를 뒤로하고, 샨은 율케스와 짧은 작별인사를 했다. 아무래도 율케스의 집에 가는 건 다음 여름방학으로 미뤄야겠구나. 샨은 생각했다.

"검의 비밀을 알아낼 거다."

율케스는 스톰 브레이커를 턱으로 가리켰다. 샨이 피식 웃었다.

"너희 집안사람들에게 부탁하면 되지 않을까? 란츠크네 가문 사람들은 흑마법에 조예가 깊잖아."

"별로."

율케스는 두 글자로 축약하고는 트렁크를 끌고 갔다. 그러고 보니 율케스도 집안 형제들과는 사이가 좋지 않다고 했었지. 샨은 그제야 깨닫고는 자신의 머리를 툭 쳤다. 알테리온 가문이나 크롬이 있는 마이어하트 가문처럼 가문 사람들끼리 똘똘 뭉치는 집안은 흔치가 않은 것 같다.

샨은 그런 율케스의 뒷모습을 한참이나 바라보다가 이윽고 몸을 일으켰다.

역에 도착하니 이미 넬과 단테스가 기다리고 있었다. 그런데 어쩐지 같이 오기로 한 단테스의 여동생, 이비엔이 곁에 없었다. 샨이 묻자 단테스가 대답했다.

"치료사께서 찬 공기는 별로 좋지 않다고 하시더군요. 동생이 실망을 많이 했죠."

치료사가 안 된다고 하는데 단테스가 허락할 리가 없었다.

"몸은 괜찮은 거야?"

단테스가 대답했다.

"걱정하지 마십시오. 감기가 조금 겹친 것뿐이니까

요."

다행이다. 단테스는 담배를 입에 물었다. 이런 곳에서는 좀처럼 피는 법이 없는데, 결국 입에 무는 걸 보니 마음이 편치 않은 모양이다. 샨은 생각했다. 이윽고 단테스가 입술을 뗐다.

"별장에는 먼저 가십시오. 아무래도 경매장에 갈 일이 생겨서 다녀와야겠습니다. 아마 이번 방학은 두 분이서 보내시는 게 맞지 싶네요."

샨이 눈치 좋게 물었다.

"동생에 관한 거야?"

"네, 이번에 마도 시대 치료서가 발굴되었다더군요. 큰 기대는 하지 않지만, 아무래도……."

넬이 대답했다.

"가 봐야겠군."

"네."

샨은 트렁크를 내려놓았다.

"그런 이유라면 같이 갈게. 우리끼리 먼저 놀고 있을 수는 없잖아."

단테스가 미소 지었다.

"그렇다면 사양하지 않겠습니다."

4.

'이상해.'

샨은 단테스를 살펴본다. 말수가 줄었고, 표정변화가 거의 없다. 미소는 짓고 있지만 담뱃불이 꺼질 줄 모른다. 샨은 단테스의 걸음을 본다. 호주머니에 손을 넣고는 넉넉하게 걸어갔다. 샨은 다시 단테스의 표정을 보았다. 그러고는 가슴 한편이 아려오는 걸 느꼈다.

"동생, 이비엔……많이 위험해?"

"……."

단테스는 부정하려 했다. 그러나 샨은 그를 직시한다. 샨은 어릴 적 숱하게 아파 왔다. 그렇기에 이런 분위기를 느낀 적 있었다. 과거 치료사가 샨의 가족에게 마음의 준비를 하라고 했던 그 날, 가족들은 울지 않았다.

이미 죽음을 받아들였기 때문이다. 운명에 분노를 하는 것도, 주변 사람을 원망하는 것도 지친 마지막 단말마. 샨은 단테스의 담배 끝 연기를 타고 그의 조용한 비명을 듣는다.

단테스는 거짓말을 하려다 결국 새로운 담배를 입에 물었다.

"……."

그는 대답하지 않는다. 입 밖으로 내면 그게 사실이 될까 두렵기 때문이다. 이윽고 그가 꺼낸 말은 그가 할 수 있는 최대의 긍정적인 단어였다.

"아직, 확실한 건 없으니까요. 그래도 일단은 어떻게든 병을 완화시키는 중입니다."

이윽고 넬이 냉정하게 뇌까렸다.

"완화시킨다는 말은 낫게 한다는 표현이 아니지. 그저 보류한다는 뜻이야."

병을 보류시킨다. 죽음을 보류시킨다. 죽지 않도록 조금이라도 더 연명하도록 한다. 그러나 그것도 한계에 다다르기 시작했다. 아무리 착한 사람이라도 병수발을 8개월만 들면 악마가 된다. 어쩔 수 없다. 환자를 돌보는 건 제 몸을 돌보는 것보다 힘든 일이고, 몸이 아프면 정신도 아파지는 법이다.

오랫동안 병을 앓은 사람치고 성격이 좋은 이가 없다. 십중팔구는 히스테릭해지고, 비관적이 되며, 애정이 결핍되어 간다.

샨은 그 감각을 잘 알고 있었다.

만약 카이를 만나지 않았다면 어쩌면 샨이 보게 될 미래였으니까.

단테스가 결국 솔직히 털어 놓았다.

"치료사 말로는 슬슬 마음의 준비를 하라고 했습니다."

끝이 다가오고 있다는 것. 정확히 말하자면 슬픔을 마주 본다는 표현이 더 맞으리라. 샨은 단테스를 보면서 자신이 도울 수 있는 게 무엇인지 한참이나 생각하고 또 생각해본다.

"너희 둘은 경매장에 가 있어. 나는 이비엔을 보러 갈게."

단테스가 거절하려 하자, 샨이 검지로 자신을 가리켰다.

"몰랐어? 나 이래 보여도 치료, 보조 마법은 졸업생들보다 잘 하잖아. 어지간한 황도 치료사들도 내 실력 보고 놀란다고?"

정확히 말하자면 달의 힘을 받아들인 후부터 급격하게 잘하게 되었다는 표현이 옳지만. 단테스가 고개를 저었다.

"그거야 압니다만……."

"병을 낫게 하지는 못해도 그래도 완화는 시킬 수 있어. 많이 아프잖아, 동생. 옛날처럼 뜨거운 물주머니를 껴안게 하는 것 말고도 할 수 있는 게 더 많다고."

샨은 쾌활하게 웃었다. 언제나 환자보다 고생하는 건 가족들이다. 그 고통을 잘 알기에 지을 수 있는 웃음이었다. 단테스가 말했다.

"제가 어떻게 샨 공주님을 막겠습니까."

"공주 아니거든?"

샨이 일부러 과장되게 뾰루퉁한다. 단테스가 입을 열었다.

"흠, 그래요. 그래도 저녁 11시 전까지는 끝날 겁니다. 혼자 보내는 건 마음이 편치가 않군요. 요즘 조직 항쟁이 심하거든요."

조직 항쟁이라면 마피아들끼리의 싸움을 뜻하나? 그러고 보면 요즘 알파도 파가 급성장하게 되어 다른 마피아들의 견제를 많이 받고 있다는 이야기를 들었다. 샨은 카이에게 마력을 불어 넣는다. 카이가 단숨에 원래의 거대한 모습으로 돌아온다. 샨은 카이의 위에 올라탄다.

"상관없어."

넬이 대답했다.

"저래 보여도 알테리온 가문의 삼남, 거기다 드래곤 마스터니."

단테스가 뺨을 긁적였다.

"샨, 당신은 인간의 악의를 잘 몰라요. 세상에는 힘으로도 당해낼 수 없는 악이 많습니다."

샨이 웃었다.

"날아서 갈게. 단테스야말로 늦지 마."

샨은 손목의 시계를 풀어 단테스에게 던졌다. 단테스가 탁, 손목시계를 받아들다. 신기한 시계였다. 안에 동력기관도 태엽도 없었는데 시간을 알려주고 있었다.

"마력이 거의 느껴지지 않는군요."

"음, 내가 아는 용이 말해줬는데 고대의 무언가…… 힘이…… 작용하기 때문이래."

단테스는 시계를 손목에 걸었다. 시계 뒤쪽에는 '라미아' 라고 양각되어 있었다. 샨이 웃었다.

"저녁 11시야. 시간 엄수해."

"좋습니다."

카이가 크게 날갯짓을 한다. 바람이 카이의 날개 아래로 엉겨 붙는 게 느껴진다. 카이는 바람을 느낀다. 탄력 있는 공기를 박차고는 단숨에 하늘 위까지 날아오른다. 샤의 모습이 단숨에 점이 되어 사라졌다.

단테스는 손목시계를 다시 들여다본다. 그때 넬이 단테스의 머리를 잡아당긴다.

꽁지머리가 잡아당겨지자 단테스가 깜짝 놀라 뒤를 돌아보았다. 샤이 돌아오고 있었다. 샤이 소리 질렀다.

"단테스으으으!"

"네?"

"집 주소 알려줘."

아, 샤은 아직도 단테스의 정확한 집 주소를 모른다.

5.

샤이 다시 사라진다. 단테스는 손목시계를 문지른다. 아직도 온기가 남아 있는 것 같다. 넬이 말했다.

"착한 아이지?"

샤을 말하는 것이리라. 단테스는 세 번째 담배를 입에 물었다.

"저런 사람이 늘 일찍 죽는 법입니다. 저와 친해져서

좋을 것 없는데 말이죠."

"그래. 너와 친해져서 좋을 게 없지."

단테스는 연기를 호흡한다. 깊은 절망을 한참이나, 한참이나 삼킨다. 이 남자는 돈을 위해서는 무슨 짓이든 할 수 있는 자였다. 동생을 위해서라면 악마에게 영혼이라도 팔겠는데, 마피아에게 이깟 몸쯤 못 팔 게 뭐가 있겠냐고 말하는 사내였다.

그런 단테스를 알기에 누구도 그와 친하게 지내려 하는 법이 없었다.

넬이 말했다.

"난 그래서 샨이 좋아."

흡사 여성에게 고백하는 이의 얼굴을 하고 넬은 우정을 고백했다. 표정 변화가 없던 넬이지만 샨을 생각하면 얼굴이 살짝 상기되곤 했다. 첫 친구라고 했던가. 넬에게는…….

"좋은…… 우정이군요."

단테스는 선을 그었다. 넬이 대답했다.

"좋은 우정이지. 너는 다른가?"

"음, 저는…… 넬 군과는 조금 다르겠군요."

단테스는 그렇게 말하고는 입을 다물었다. 더 이상 질

문하지 말라는 뜻.

넬은 그런 단테스를 내버려 두었다.

늦가을은 초겨울과 함께 밀려온다. 샤은 벌써부터 땅거미가 내려앉은 도시 위를 날았다. 작은 숨결 위로 서리가 달콤하게 번진다. 샤은 그제야 겨울이 오기 시작했다는 걸 깨닫는다. 맙소사, 물 나이트 때만 하더라도 밤에만 조금 카디건을 걸쳤을 뿐, 낮에는 반팔을 입어야 하지 않았던가.

고작 한두 주 지났다고 이렇게 날씨가 변하다니.

샤은 옷을 좀 더 따뜻하게 챙길 걸 그랬나 후회했다.

"마마, 저쪽, 저쪽이야?"

샤은 대답 대신 카이의 목을 쓸어 방향을 인도했다. 샤의 왼쪽 망막에는 금색 달이 떠 있었다. 어둠 속에서도 누구보다 잘 볼 수 있는 눈이다. 샤은 공기의 흐름을 읽는다. 엉켜 있는 시가지 속에서 알파도의 거처를 찾는 건 그리 어렵지 않았다. 골목 사이, 눈에 띄지 않는 데서 가장 크고 경비가 삼엄한 곳을 찾으면 됐으니까.

'한번 해 볼까?'

샤은 카이에게 동화(同化)를 건다. 카이는 거부감 없이 샨을 받아들인다. 샨은 카이를 이끌어 좀 더 높이 날아오른다. 평소라면 절대 올라가지 않을 높이까지 아슬아슬하게 올라간다. 그러고는 카이의 눈을 빌려 바닥을 본다. 단테스의 저택이 작은 점처럼 보인다.

구름이 소년을 감싸 안았다. 샨은 차갑고 달콤한 공기를 맛본다. 저 너머 저물어 가는 태양 끝을 타고 남색 밤하늘이 번져간다. 작은 침묵이 소년과 용을 타고 흘러내린다.

"……갈까?"

소년의 발이 안장을 구른다. 카이는 샨의 신호에 맞춰 날개를 절반으로 접는다. 그러고는 공기를 가르며 자유낙하를 시도한다.

이 높이에서 원하는 집에 정확히 착지하는 건 낙타가 바늘구멍을 빠져나가는 것보다 어렵다. 보통의 드래곤 마스터라면 하지 않을 짓이었다. 그러나 샨은 카이를 믿었고, 자신의 판단을 믿었다.

카이의 유선형 머리가 공기를 갈라내기 시작했다. 샨은 카이의 목을 끌어안고 공기 저항을 최대한 줄인다. 바람이 귀를 때리며 거센 소리를 만들었다.

쿠과과과—

호흡조차 쉽지가 않다. 500미터, 300미터…… 점점 더 대지가 가까워지는 걸 느낀다. 카이는 불안한 마음에 어금니를 따닥 부딪친다.

300미터, 200미터…….

가속도가 올라간다. 바람이 옷을 긁으며 지나간다. 마찰이 얼마나 강한지 몸에 불이 날 것만 같았다.

200미터, 100미터…… 그리고…….

"지금!"

샨은 카이의 마력을 이용해 마법을 발동시킨다.

"초록 바람의 소식, 에어 윙."

카이의 날개를 타고 공기가 밀려 올라간다. 여기서 우산처럼 피막을 펼쳐 공기저항으로 어찌어찌 살아남을 수 있다. 그러나 샨이 선택한 건 정반대, 낙하 에너지와 바람 마법을 함께 사용해 운동 방향을 꺾어 버리는 것.

카이의 피막이 한순간, 말도 안 되는 방향으로 꺾인다. 수직으로 낙하하던 둘은 90도로 운동 방향을 바꾼다. 카이는 마력을 느낀다. 이 기술이 어려운 이유는 단순히 마법의 숙련도나 용의 근력만 요구하기 때문이 아니다. 바로 주인에 대한 맹목적인 신뢰가 있어야 한다. 이 높이에서 추락해도 살아남을 수 있을 거라는 믿음. 그것 하나.

샨은 카이의 신뢰를 느낀다. 마스터로서의 책임감이 밀려왔다. 샨은 두 번째 마법을 사용한다. 달의 권속하에 들어 있는 마법. 샨은 시동어만으로 발동시키는 데 성공한다.

"에어로 블레이드 문 커터."

카이의 날개 아래로 공기가 칼날처럼 뻗어나간다. 여기서 당황해 잘못 피막을 얹었다가는 피막째로 날아간다. 그러나 카이는 생각하길 포기한다. 공기 그 자체만을 느끼며 날개를 뻗는다.

바람이 칼날이 되어 카이를 얹고는 놀라운 속도로 날아간다.

알파도가의 정원, 카이는 정원수를 가르며 미끄러진다.

'아차차…….'

카이의 날개가 스칠 때마다 100년은 살았을 법한 정원수들이 뭉텅이로 썰려 나간다. 이 정도의 파괴력은 생각도 못 했다. 알파도 파 사람들도 공격할 생각도 못 하고 입만 쩍 벌리고 있다.

샨은 마력을 풀었다. 속도를 늦추고 멈추기만 하면 된다. 그런데 메이드 하나가 비명을 지르며 샨이 가려던 방향으로 뛰어온다. 제 딴에는 겁을 먹고 도망을 치려고 한 모양인데 방향이 좋지 못했다.

"아, 이런!"

비키기에는 너무 늦다. 샨은 억지로 카이를 틀어 버린다. 그 대가로 카이의 몸이 크게 흔들리며 담벼락에 박혔다.

콰아앙!

팔에서 우드득, 불쾌한 소리가 울렸다. 역시 부러졌나 보다. 샨은 눈물을 삼킨다. 몸을 억지로 일으키려다가 카이를 돌아본다.

"마마…… 아파……."

카이의 날개 한쪽도 부러져 버렸다. 샨은 이마를 탁 쳤다. 한 번의 모험치고는 잃은 게 너무 속 쓰리다. 그러나 알파도 일파 사람들은 대체 무슨 인상을 가졌는지 소리를 지르며 달려왔다.

"대단하십니다."

"과연 부장님의 친우십니다! 아무렴요. 암암!"

과장님에서 부장님으로 승진했구나. 단테스를 부르는 게 분명한 그 직책이 귓가에 울린다.

"그 거대한 용이 밀려왔을 때 제 숨이 터억 막혔습니다요!"

"사나이는 이 정도 호기는 있어야죠."

"애들아! 뭐하냐! 작은 형님 오셨는데, 술상 봐 드리지 않고!"

작은 형님이라니, 단테스가 큰 형님이니까 이쪽은 작은 형님이 되는 건가? 샨은 노도처럼 밀려오는 덩치들을 지켜보며 한숨을 쉬었다.

단테스의 집이라는 게 피부로 느껴질 정도다.

6.

해가 지기 시작하자 그림자가 지기 시작했다. 어둠 속에서 단테스의 머리칼이 해파리처럼 나풀거렸다. 넬은 그런 단테스를 지켜보고는 조금 떨어져 뒤에서 걸어갔다. 이번 경매장 역시 으슥한 곳에 있다. 으레 그렇듯 이런 물건들은 합법적인 경매로 나오는 법이 없다.

게다가 이번 경매장은 특히 질이 나빴다. 상단 어음조차 받아 주지 않는 곳이다 보니 직접 현금을 거기까지 운반해야 한다는 게 난제다. 단테스는 한 손에는 현금 가방을 들고 다른 한 손으로는 동전을 튕기며 걸어갔다.

평상시 그를 지키는 호위들도 곁에 없는지라 넬은 최대한 단테스와 거리를 벌린다.

혹시라도 단테스가 눈 먼 칼에 맞아 죽어도 모르는 사람이라고 둘러댈 거리는 되어야 하지 않겠는가.

"섭섭합니다. 넬 군. 우리 사이가 이것밖에 안 되는 겁니까아?"

"닥쳐라. 난 분명히 너희 상단(?)의 변호사 겸 회계사로 들어갔을 뿐이지 호위 업무로 계약한 적이 없어."

"에이, 그래도 옛정이 있는데."

단테스의 능청에 넬은 차갑게 뇌까렸다.

"난 샨이 아니다, 단테스 군. 그딴 너스레가 통할 거라고 보나."

"딱딱하기는."

단테스는 큭큭 웃으며 동전을 탕, 탕 튕겼다. 걸으면서 동전을 튕기는 것도 쉽지 않은데, 그것도 엄지 손톱만으로 던졌다 받았다 하고 있다. 이윽고 그의 손끝에서 낭랑한 소리가 울린다.

타앙—

정령이 담긴 동전이 어둠 속으로 쭉 뻗어나간다. 한순

간의 정적. 보통 사람이라면 아까운 돈을 왜 버리냐든가, 아니면 실수를 한 건가 갸웃거렸을 일. 그러나 단테스도 넬도 누구도 입을 열지 않는다.

"커억!"

어두운 골목 끝, 사람의 신음소리가 울렸다. 넬이 물었다.

"매복인가?"

"그렇겠죠."

"이번 경매 자체가 잘하면 함정일 수도 있겠군."

"물건은 진품입니다. 안 갈 수 없어요."

단테스의 손에서 동전은 총알이 되어 계속해서 날아간다. 넬이 못마땅한지 이마를 찌푸린다.

"호위는?"

"마피아 항쟁 시즌이잖아요. 이비엔을 지킬 인력도 부족한 상황입니다."

"너는?"

단테스의 안경이 빛을 받아 반짝였다. 청년은 족제비 같은 눈매로 웃었다.

"제 몸은 제가 지킬 수 있으니까요."

바람의 정령과 불의 정령이 한꺼번에 소환된다. 증폭,

불은 바람을 타고 더욱더 강한 열기를 만들어낸다.

타앙!

마법으로 달궈진 동전은 칼날조차 뚫어 버렸다. 넬이 말했다.

"좋을 대로 해. 죽으면 버리고 갈 테니."

"에이, 안 죽어요. 안 죽어."

단테스는 간드러지는 목소리를 내며 동전을 튕겼다.

7.

샨은 무뚝뚝한 표정으로 부러진 자신의 팔을 내려다보았다.

조직원들은 치료사를 부른다 어쩐다 말이 많았지만 샨이 요구한 건 간단한 부목과 응급상자 정도였다. 왼팔 정도라면 어떻게든 혼자서 가능하니까. 샨은 우선 카이를 작게 만들고는 부목을 대서 날개를 치료했다. 과거 크롬이 한발 앞서서 가르쳐 준 마법이 여러모로 쓸모 있다. 이렇게 새끼용으로 변하면 치료도 쉽고 상처도 빨리 아문다.

몸이 작아지면 상처도 작아지니까.

이렇게 작아진 카이에게 포션을 붓고 간단한 치료 마법으로 부러진 뼈를 이었다. 완전히 붙은 건 아니니 결국 휴식이 필요하지만 빠르면 나흘, 늦어도 일주일 정도만 푹 쉬면 완전히 낫는다.

그 다음이 샨, 자신.

샨은 고아한 눈매로 자신의 상태를 면밀하게 관찰했다.

조직원들은 절세가인이라는 말에 어울릴 이 아름다운 소년이 속눈썹을 내리깔고 제 부러진 팔을 보고 있는 광경을 숨죽이며 지켜보았다. 못 보던 사이 샨은 한층 더 아름다워졌다. 단순히 여성의 관점에서의 아름다움이 아닌, 인간이 아닌, 말 그대로 천사상에서나 볼 법한 완벽한 대칭의 아름다움이다.

샨이 숨을 쉴 때마다 잘린 흑발이 애처롭게 흘러내렸다. 피부는 상아를 깎은 것처럼 희고 부드러웠다. 입술은 체리를 베어 문 것처럼 붉었고, 길게 뻗은 목선은 여인네보다도 색정적이었다. 마치 쿡 찍으면 꿀이 배어날 것 같은 미모다. 그럼에도 소년은 어지간한 덩치들보다 신음을 내질 않았다.

경력 20년차, 한창 인간 백정 짓이 무르익었을 히트맨

들도 그 정도 부상에는 비명을 지르고 치료사를 찾기 마련이다. 그러나 이 소년은 그런 게 없었다. 오히려 침착하게 주변을 물리고는 자신의 용부터 치료했다. 그러고는 그제야 자신의 몸을 돌본다.

그냥 보는 것도 아니다. 손가락을 하나하나 움직여서 통각을 체크해 보거나 근육의 이상을 알아본다. 보통이면 부러진 상태에서 움직이는 것만으로도 죽을 만큼 아파하지 않던가. 그 증거로 이 미소년의 이마에는 땀이 송글 배어 나왔다. 앙다문 입술이 이 소년이 얼마나 아파하고 있는지 보여주었다.

이윽고 소년이 긴 숨을 토한다.

"조금…… 고생하겠네요."

다른 손으로 자신의 어깨를 붙잡더니 우드득 탈구된 어깨뼈를 맞춘다. 그다음 포션을 붓고 부목을 대 본다. 비싼 최고급 포션을 썼다면 바로 뼈가 아물겠지만, 매번 팔 부러질 때마다 그 돈을 부담했다가는 집안 살림이 남아나질 않을 거다. 샨은 본인이 직접 만든 중급 포션을 사용했다. 비록 중급이지만 치료 마법까지 더하니 뼈와 근육이 서로 엉겨 붙기 시작했다. 살이 찢어진 부분은 소독하고 직접 제 생살을 꿰매기 시작했다.

그 패기에 보는 이까지 기가 질릴 정도다. 실제로 차마 더 이상 보지 못하고 시선을 돌리는 놈들도 하나둘 생기기 시작했다. 그중 몇몇은 샨 대신 신음을 지를 지경이었다.

"크허어."

"……."

샨은 옆에 있는 이에게 도움을 얻어 붕대로 자신의 팔을 완전히 감고는 기브스를 하듯 목에 둘렀다. 치료 마법도 함께 혼용했으니 샨 본인도 일주일 정도면 완전히 뼈가 아물 예정이다.

'에녹 교수님이라면 한 방에 낫게 할 텐데.'

그분의 치료 마법이 아쉽다. 그래도 이 정도면 꽤나 봐줄 만한 처치가 아니던가.

무리해서 치료 마법을 더 시전한다면 3일 안에 완쾌할 자신도 있었다. 그러나 그렇게 카이의 마력을 막 사용했다가는 샨 자신의 몸에 더 무리가 가 버린다.

치료 마법은 파괴 마법보다 몇 배는 섬세하기 때문에 손이 많이 간다.

불이 하루아침에 태워 버린 땅을 물과 바람이 수십 년에 걸쳐 복구하는 것과 비슷한 이치다.

'뭐, 이 정도면 괜찮겠지.'

석고까지 발라 볼까 했지만 거기까지는 필요 없을 것 같다.

"마마, 아파."

"미안, 카이. 내가 너무 미숙했어. 푹 쉬도록 해."

아마 그 위치에 메이드가 뛰어오지만 않았어도 성공했을 기술이었다. 그러나 샨은 뒷말을 삼켰다. 메이드가 샨을 향해 걸어왔다.

"단테스 도련님의 친우라 들었습니다만 참으로 되먹지 못한 분이시군요."

카이가 그 메이드를 향해 어금니를 딱딱 부딪쳤다. 못마땅하다는 뜻. 카이가 되쏘아 주려는데 샨은 카이의 이마를 쓰다듬어 진정시킨다.

"죄송합니다. 분명히 정원 쪽에 사람이 없는 걸 확인했었거든요. 일이 이렇게 될 줄은 몰랐습니다."

"흥."

나이가 쉰 정도 되어 보이는 메이드였다. 손에 결혼반지도 없었고, 밑단이 길고 옷에 정식 알파도가 문장이 있는 걸 봐서는 거주 메이드로 있는 모양이다. 주름진 얼굴에 날카로운 삼각꼴 안경을 끼고 있었는데, 가뜩이나 신경질적인 인상을 더욱 신경질적으로 만들었다.

샨이 미소 지으며 악수를 청한다.

"실례지만 레이디, 성함이 어찌 되시나요?"

샨은 티스에게 특별히 전수받은 레이디 킬러의 표정을 지어 보였다. 이런 표정으로 웃을 때는 아카데미 교수님조차 얼굴을 붉히곤 했다. 그러나 그녀는 냉랭하게 샨의 손길을 뿌리쳤다.

"제인 아르테아입니다. 샤인 알테리온 군. 알테리온 가문은 사과의 뜻으로 아무 레이디에게나 미소를 흘리고 다니는 모양이죠?"

아르테아 가문, 평민일 줄 알았는데 성이 있다. 몰락 귀족이라는 뜻. 샨이 대답했다.

"제 불찰입니다. 레이디 아르테아."

"제인이라고 부르십시오. 그리고 부러뜨린 정원수는 반드시 배상받을 테니 그리 아십시오!"

그녀의 꼬장꼬장함에 덩치들도 하나같이 질렸다는 표정을 짓는다. 샨은 뺨을 긁적였다.

"어쩔 수 없죠. 아, 그러면 이비엔 양은……?"

"그 더러운 꼴로 만나시게요? 가뜩이나 몸도 약한 분에게 무슨 병을 옮겨 오시려고 하는 겁니까?"

카이가 소리를 버럭 질렀다.

“마마한테 뭐라고 하지 마! 이 할망구!”

“뭐? 이 용이 대체 무슨 소릴!”

이러다가는 싸움날 것 같다. 샨은 카이의 주둥이를 손으로 꽉 붙잡고는 억지웃음을 지었다.

“대욕탕실로 갈게요. 씻고 다시 뵙도록 하죠. 하하하…… 으하하하…… 아하하하…….”

억지웃음도 자꾸 짓다 보니 턱이 아프다. 샨은 눈물을 삼키며 카이를 끌고 대욕탕으로 사라졌다.

샨이 대욕탕으로 향하자 덩치들은 샨의 옷가지를 정리해 주기 바빴다. 처음에는 내버려 두라고 했지만, 이렇게라도 하지 않으면 나중에 경을 친다고 하니 샨은 작게 한숨을 내쉬고는 포기했다. 마피아들의 위계질서는 도통 적응이 안 된다.

샨은 벌거벗은 상태로 들어가 뜨거운 물을 힘껏 부었다.

“마마, 붕대 감은 곳에 물 닿아도 괜찮아?”

“걱정하지 마. 물은 내 영역이니까.”

블루 타워의 모든 학생들은 물을 다룰 줄 안다. 그중에 달의 인장을 사용하는 샨은 주문도 없이 물 자체를 자유자재로 사용할 수 있다.

'아직 전투용으로 쓸 정도는 아니지만.'

물 자체에 파괴력을 실으려면 아무래도 주문이 있어야 가능하지만 그냥 상처에 물 안 들어오게 막는 정도라면 쉬운 일. 카이가 말했다.

"마마 강해졌네?"

"응, 조금."

이게 다 이서릴 덕분이다. 그러고 보면 연락이 끊어졌는데, 그녀는 어디에 있을까? 다시 그때 그 호수로 가면 그녀를 만날 수 있을까? 샨은 이런저런 생각을 하며 거품으로 몸을 씻었다. 카이에게 비누칠 해 주는 것 역시 소홀히 하지 않았다.

"마마, 나 인간으로 변하면 안 돼?"

"참아. 조그마한 상태일 때가 상처 회복 속도는 더 빨라. 이럴 때 인간으로 변했다가는 상처가 벌어진다고."

샨의 말에 카이는 딱딱 어금니를 부딪쳤다.

"그 할망구 마음에 안 들어! 마마한테 막 뭐라고 하고! 내가 그때 방향만 안 틀어 줬어도 그 여자 죽었어."

"그건 나쁜 짓이야. 카이."

"흥!"

아무래도 단단히 삐친 모양이다. 사춘기가 지났어도 이렇게 주인을 따르는 드래곤이 되어 준다니. 이렇게 착한 용이 다 있을까?

샨은 얼굴을 붉히며 카이를 쓰다듬었다.

"그래도 안 돼. 카이. 알지?"

"……응."

카이가 시무룩하게 날개를 늘어뜨린다. 카이는 이해할 수 없었다. 마마보다 아름다운 사람은 이 세상에 없다. 그런 마마가 그렇게까지 눈웃음을 쳤는데 넘어가기는커녕 면박까지 주다니 나쁜 인간 암컷이 틀림없다. 분명히 늙어서 노망난 게 틀림없다고 카이는 생각했다.

그렇지 않던가. 용도 나이가 들면 자기가 알을 몇 개를 낳았는지 깜빡깜빡 까먹곤 하던데.

'그래도 나빠!'

카이는 좀처럼 분노를 삭이지 못했다.

8.

목욕 시간이 생각보다 오래 걸렸다. 씻다 보니 살에 박힌 잔조각들이 발견됐기 때문이다. 막상 사고가 났을 때는 몰랐는데 씻다 보면 그제야 발견하는 모양이다. 샨은 마지막으로 발바닥에 박힌 잔가시를 뽑아 내고는 소독까지 겸했다.

상처 난 곳은 이제 없었다.

밖에 나오니 아무도 없고 샨이 입을 옷가지들만 가지런히 접혀 있었다. 보통이라면 나오자마자 '형님, 멀끔하십니다.' , '하늘에서 내려온 천사도 이보다 보송하실 수는 없으시죠. 아암!' 하며 갖은 아부를 다 떨며 절하느라 바닥을 구를 놈들이었다. 아무도 없다는 건 오히려 이쪽이 반길 일이다.

샨은 수건으로 머리를 꼼꼼하게 털고는 접혀 있던 블라우스를 몸에 걸쳤다.

제봉선이 세로로 깔끔하게 나 있는 것으로 단테스가 즐겨 입을 법한 단정한 디자인이다. 금실로 자수를 넣은 검은 모직 바지를 입는 것도 잊지 않았다. 재봉선에만 금실을 사용했는데 경박하지 않고 고급스러운 느낌이 들었다. 샨의 허리에 꼭 맞아서 벨트가 필요 없을 정도였다.

'어떻게 이렇게 딱 맞지?'

단테스의 정보 수집력을 모르는 샨은 이게 우연의 일치인가 싶어 고개만 조금 갸우뚱거린다. 마지막으로 까만색 타이를 목에 리본처럼 맸다.

갓 씻은 뽀얀 살결에서는 아직도 김이 모락모락 나올 것 같았다. 샨은 거울을 보고 자신을 한참 들여다보았다. 자신의 미모가 마음에 들지 않는지 살짝 볼을 부풀린다.

“역시 흉터 하나 정도는 들어가야…….”

티스가 들었다면 울음을 터뜨렸을 말을 아무렇지도 않게 하면서 샨은 단추를 마지막까지 질끈 동여맸다.

‘어째…… 더…… 계집애 같은 느낌이.’

샨은 짜증이 밀려왔다. 일부러라도 얼굴에 흉터를 긁어놔야겠다고 샨은 작게 결심했다.

아무튼 더 이상 이비엔을 기다리게 할 수는 없었다. 샨은 알테리온 소드를 허리춤에 매고는 카이를 어깨에 앉게 했다.

복도를 나서는데 어째 아무도 보이지 않는다.

‘이게 무슨 일이지?’

어떻게 대 저택에 아무도 없을 수가 있나, 샨은 작게 혀를 찼다.

샨은 이비엔이 있는 뒤쪽 후원으로 향했다.

작고 아담한 저택에는 불이 꺼져 있었다.

이상했다. 아무리 그래도 초저녁이다. 농사꾼이 아닌 이상, 잘 시간은 아니었다. 카이가 입을 열었다.

"마마, 피 냄새가 나."

"피?"

저 집 안에는 뭔가 있다. 샨의 본능 역시 속삭인다.

아무래도 지하 대욕탕에 있는 그 사이 무슨 일이라도 생긴 모양이다. 샨은 반지에 불을 켰다. 카이와 동화를 끌어 올린다. 확실히 인기척이 느껴졌다.

'이비엔에게 무슨 일이 있는 건 아니겠지?'

이비엔은 단테스의 전부다. 여동생을 위해서라면 무슨 짓이라도 할 수 있는 이었다.

조급해졌다. 그러나 티스와 하루 이틀 함께했던 샨이 아니었다. 분명 티스라면 급할수록 돌아갈 거다. 가령, 저쪽 창문을 통해 몰래 잠입…….

말이 끝나기도 전에 샨은 다리에 마력을 집중해 몸을 튕겼다.

퉁―

지난번 여장을 하며 발끝으로 걷는 법의 묘리를 익힌 터였다. 샨의 발걸음은 고양잇과의 그것처럼 조용했다.

단숨에 3미터 높이의 창문 끝까지 올라온다. 창문을 돌려 봤지만 열리지 않는다. 샤은 손끝에 마력을 집중한다. 달은 샤의 편이다. 샤의 망막 위에 달이 떠오른다. 그러고는 잠금쇠, 물체의 핵을 부순다.

툭—

가까이 있지 않으면 들리지 않을 정도로 아주 작은 소리. 걸쇠가 나가며 문이 열린다. 샤은 카이의 귓가에 작게 속삭인다.

"걸쇠 구조가 단순해서 다행이야."

카이 역시 아주 작게 대답했다.

"마마야 말로 오늘 너무 많은 마력을 썼잖아. 괜찮아?"

샤은 대답하지 않았다. 카이는 다시 어금니를 부딪친다. 마마는 무리하길 좋아한다.

그래서는 안 돼. 카이는 생각한다.

샤은 카이의 이마에 손을 얹어 진정시킨다. 나무 마룻바닥, 발 하나 잘못 디뎠다가는 삐걱거리는 소리가 온 집안에 울릴 거다. 샤은 발끝으로 천천히 무게중심을 이동했다. 아니나 다를까 아래에서는 사람의 인기척이 느껴졌다.

"이, 이런 무례한 놈들!"

메이드 제인의 목소리가 울렸다. 무언가를 깨고 있는 소리가 울린다. 샨은 천장 틈으로 아래를 내려다본다. 약병이었다. 귀중한 약병들이 처참하게 부서지기 시작했다.

"그 피도 눈물도 없는 놈이 그렇게 지 동생에게는 목숨 바쳐 산다며?"

"말도 마."

제인이 놈들을 뜯어말리지만 돌아오는 건 주먹뿐이다. 쉰 살이 넘는 아녀자의 몸으로 혈기왕성한 사내놈의 주먹을 받을 수 있을 리 없다.

무언가 부러지는 소리가 나며 그녀가 바닥을 구른다. 이비엔이 소리 지른다.

앞을 보지 못하는 소녀였다. 보질 못하니 불안감은 더 커져만 간다.

"크크큭, 과연 감싸고 돌 만한 미모구만."

놈이 이비엔에게 손을 뻗치려는 순간, 더는 참지 못하고 샨은 마력을 폭발시킨다.

"카이!"

단숨에 카이를 거대하게 키운다. 이제 카이가 불을 뿜기만 하는 되는 일……. 그러나 카이는 불을 뿜지 않는다. 왜 명령을 듣지 않는 거지? 샨이 돌아보려 할 때 목 아래에 차가운 것이 닿았다.

"움직이면 죽는다."

칼날이 목 아래 여린 살갗을 파고들며 붉은 선을 그렸다. 샨은 그 자리에 선 채로 눈동자만 굴려 위를 바라본다. 복면을 쓴 남자가 아래를 내려다보고 있었다.

"네가 샨이군."

"절 압니까?"

복면을 쓴 남자는 대답하지 않았다.

코까지 덮은 복면 위로 눈동자 색깔만 겨우 알아볼 수 있었는데, 밝은 푸른색 눈동자였다. 그것도 유독 밤에 빛나는 동공이 율케스가 떠올랐지만 대답하진 않았다.

율케스는 지금 에론 형과 있을 테니까.

남자가 말했다.

"마력을 거두고 드래곤을 다시 줄여 놔. 허튼짓하면 목이 날아갈 거다."

목소리마저 율케스와 닮아 있었다. 샨은 작게 혀를 찼다. 그러고는 손을 뻗어 카이의 뒷목을 붙잡고는 작게 시동어를 중얼거렸다.

파앙!

카이의 모습이 다시 어린 드래곤의 모습으로 돌아간다.

"이 다음은 어쩔 거죠? 묶기라도 할 겁니까?"

샨의 당돌한 질문에 복면을 쓴 남자가 작게 웃었다. 들을수록 목소리가 율케스의 그것과 너무나도 흡사했다. 샨은 말을 삼키고는 남자의 웃음이 끝날 때까지 기다린다. 이윽고 남자가 입을 열었다.

"드래곤 마스터를 상대로 그런 짓은 하지 않아."

그러고는 샨의 손을 붙잡았다. 남자의 커다란 손이 완전히 샨을 덮는다. 온기라고는 전혀 없는 손이었다. 마치 죽은 사람처럼.

커다란 손이 샨의 반지를 뽑았다. 드래곤 마스터는 드래곤에게서 마력을 가져간다. 그 마력은 드래곤 스톤이라고 부르는 보석이 달린 장신구를 통해 공급된다. 샨이 끼고 있는 반지에는 황천의 돌이 박혀 있다. 마법이 걸려 있는 반지였다. 함부로 풀 수 있는 게 아니었다. 그러나 남자는 너무나도 쉽게 반지를 뽑았다.

"돌려주세요!"

"싫어."

남자는 드래곤 마스터에 대해 너무나도 잘 알았다. 카이와 샨의 연결이 끊어진다. 이걸로 카이의 마력을 쓸 수 없게 된다. 샨은 작게 혀를 찼다. 남자가 물었다.

"내 얼굴이 궁금한가?"

샨이 대답했다.

"아뇨."

"호오, 어째서? 복면을 하면 다들 내 진짜 얼굴에 대해 궁금해하던데."

"복면을 했다는 건 얼굴을 숨겨야 할 이유가 있다는 거 잖습니까. 만약 제가 당신의 정체를 알게 되면 절 죽이시겠죠."

그 말에 남자는 한참이나 웃었다.

"재미있는 아이야. 정답이야, 샨 알테리온 군."

그러고는 남자가 복면을 벗었다. 샨은 눈을 질끈 감고 남자의 진짜 얼굴을 보지 않기 위해 애썼다.

"내 얼굴을 봐."

"싫습니다."

남자를 알게 되면 그자는 반드시 자신을 죽이리라.

샨은 그걸 잘 알고 있었다. 그러나 남자가 발을 휘둘러 샨의 배를 후려쳤다.

퍽!

샨의 가벼운 몸이 바닥을 구른다. 샨은 이를 악물고는

신음을 지르지 않는다. 물론 한번 감은 눈은 다시 뜨지 않았다.

“호오, 꽤 강단 있는 녀석일세. 이런 일만 아니면 내 것으로 삼을 텐데.”

남자의 억센 손이 샨의 턱을 붙잡아 끌어당겼다. 차가웠다. 놀랍도록 차가웠다. 남자의 목소리가 샨의 귀를 파고들었다.

“생긴 것도 꽤 마음에 들고. 흐음, 아무리 봐도 계집애인데 말이야. 혹시 남장을 했다거나……?”

그러더니 다른 손으로 샨의 판판한 가슴을 훑었다. 이윽고 그 손이 샨의 다리 사이 물건을 꽉 붙잡는다.

“……!”

샨이 비명을 억누른다. 남자는 실망한 목소리로 말했다.

“역시 사내놈이군. 아쉬워. 계집이었으면 품었을 텐데, 사내놈이 이렇게 아름다워 봐야 쓸모가 없지.”

잘 들어보니 율케스와 비슷한 목소리가 아니었다. 똑같은 목소리다. 이윽고 남자가 말했다.

“자, 눈 떠.”

“싫다고 분명 제가 말했을…….”

그때 차가운 게 샨의 입 속을 파고들었다. 칼날이 샨의 입 안, 볼 점막을 꽉 누른다. 피가 배어났다.

"보통 말이지, 인간의 가장 민감한 곳이라고 하면 망막이나 입 속, 항문 같은 점막 있는 곳을 들곤 하지. 그런데 말이야, 내 얼굴을 보라고 시켜야 하는데 망막을 긁는 건 말이 안 되고, 항문을 쑤시기엔 너무 더럽잖아? 결국 입 안이 가장 맞더라고."

치직.

칼날이 점막을 긁는다. 아프다. 빌어먹을, 그러나 저항을 할 수가 없었다. 남자가 변덕을 부리면 언제든지 샨의 혀 정도는 끊을 수 있으니까.

"이야, 잇몸도 깨끗한 핑크색이네, 우리 예쁜이. 장미 같아. 우리 예쁜이가 할 일은 딱 하나야. 두 눈을 뜨고 나를 한 번 지그시 감상해 주는 것뿐이야. 그렇지 않으면 우리 예쁜이의 핑크색 입 구멍에 아주 좋은 바람구멍을 하나 내 줄까 해. 시원할 거야. 다만 먹을 때마다 구멍에서 음식이 흘러나올 테니 조금 미관상 불쾌하려나? 예쁜이는 어떻게 생각해? 어느 쪽이 좋아?"

대답할 수가 없었다. 놈은 칼끝으로 샨의 혀뿌리 부근을 지그시 누르고 있었으니까.

"생각은 끝났지? 셋을 셀게."

카이가 조급한 마음에 외쳤다.

"마마, 눈 떠! 마마!"

샨은 대답하지 않았다. 남자의 웃음소리가 울렸다. 같은 율케스의 목소리임에도 이토록 다르게 들릴 수 있다니, 샨은 진심으로 자신의 친우가 그리워졌다.

"자, 그러면……하나, 두울……."

샨의 머리가 빠르게 굴러갔다. 눈을 뜰 것인가 말 것인가. 결정은 나질 않았다.

남자가 마지막 숫자를 셌다.

"……셋."

"……."

어둠 속 남자가 속삭였다.

"어라, 눈을 뜨질 않네. 예쁜이? 그러면 어쩔 수 없네."

남자의 칼이 끔찍한 소리를 내며 스쳐 지나갔다.

츠가각!

아프다. 샨의 입에서는 피가 났다. 그래도 딴에는 자비를 베풀었는지 입 안에 구멍을 내지는 않았다. 다만 칼날로 속을 긁어놨을 뿐이지.

샨은 그대로 엎드려서 한참이나 피를 토해냈다.

선홍색 피가 입 밖으로 후드득 쏟아졌다. 가끔 가다 있는 혀를 깨물거나 볼 안쪽 살을 씹었을 때의 고통 정도가 아니다.

“자, 예쁜이. 이번에 봐준 건 잘 알고 있겠지? 두 번째 기회야. 이번에는 네 잘난 드래곤의 입 안에 구멍을 내 줄 거야. 아까 같은 자비는 없어. 드래곤 생긴 게 내 취향이 아니거든.”

샨은 그제야 눈을 뜬다.

어둠 속이라 잘 보이지 않는다. 이윽고 남자가 옆으로 한 걸음 걷는다. 빛바랜 엷은 레몬색 머리칼, 그리고 창백한 피부가 보인다. 몸집은 크고 눈동자는 아쿠아 블루 빛.

덩치는 곰처럼 큰 데 비해 얼굴은 뱀을 닮았다.

율케스는 아니다. 그러나 너무 닮아 있었다. 형제라고 해도 믿을 정도로. 이윽고 남자가 입을 열었다.

“내 동생이 신세가 많군.”

“동생이라면…….”

“율케스, 율케스 란츠크네.”

형제 같은 게 아니라 형제가 아예 맞구나. 그렇다면 다행일지도 모른다. 그래도 완전히 남은 아니지 않는가. 그가 새빨간 입술을 비틀어 웃었다.

"네 시체를 보면 그 녀석 얼마나 슬퍼할까. 음, 아니야. 이참에 좀비나 구울로 만들어 부려 줄까? 그 녀석과 똑같은 언데드로 말이지. 구울이 돼서 기어오는 널 보고 그 아이는 어떤 표정을 지을까. 크크크큭."

취소다. 협상이 되지 않는다. 율케스는 기본적으로 자신의 형제들에 대해 거의 언급을 하지 않는다. 다만 어쩔 수 없이 언급해야 하는 순간이 오면 대충 '사이가 나쁘다.' 라고만 말하곤 한다. 그래서 기껏해야 먹을 거 가지고 싸우거나, 집에 돌아왔는데 인사도 안 나온다거나 하는 그 정도 우애를 떠올렸다.

'이건 너무 하잖아. 율케스.'

이건 사이가 나쁜 형제 수준이 아니라 철천지원수라고 부르는 관계 아닌가. 보통 귀족가 아이들 치고 형제끼리 사이좋은 집안이 손에 꼽는다고는 하지만 이건 그래도 너무하지 않나.

'아, 아닌가. 생각해 보니 유산 분배나 후계 다툼을 앞둔 상황이면 보통 이런 관계로 돌아가지만…….'

그래도 가문의 가주가 아직도 정정하게 살아 있는데 벌써부터 이렇게 막 나가는 경우가 많지는 않다.

남자는 한 팔로 샨의 가는 허리를 붙잡아 들었다. 율케스의 형답게 키만 2미터가 넘어 보인다. 샨은 이 상황에서 저항하는 것을 포기하고 상황이 어떻게 돌아가는지 지켜보기로 했다.

9.

타앙!

단테스는 아는 똘마니들과 모르는 똘마니들을 쓰러뜨리며 걸어갔다. 이 광경을 지켜보던 넬은 딱 한 마디를 내뱉었다.

"많군."

"이상하죠? 돈을 노리고 덤벼드는 놈들치고는 지나치게 많아요."

"현금을 들고 오는 놈이 너 하나만 있는 것도 아닐 거고. 음, 가장 방비가 허술해 보여서 덤빈 거라면 제대로 찾은 거겠지만"

"그래도 많아요."

단테스는 걸음을 멈춘다. 지금 7시 조금 넘었다. 샨과의 약속 시간이 11시. 겨울 해는 빨리 떨어져 벌써 어둑어둑해지기 시작했다. 넬이 말했다.

"돌아갈 거라면 빠를수록 좋다."

"……."

치료사가 말했다. 마음의 준비를 하라고, 기적이라도 내리지 않는 이상 이비엔은 이제 그의 손을 떠날 거라고. 누군가가 말했다. 간절히 바라는 일은 반드시 이루어진다고. 그렇다면 앞으로 얼마나 더 걸어 나가야만 할까.

"만약…… 만약 경매가 제대로 이루어지고 있고, 그 책이 나온다고 하더라도……."

넬이 그의 말을 끊었다.

"그게 동생의 병을 고쳐 주리란 보장은 없어. 고대 마도서는 복불복이야. 쓰레기 더미 속에서 보석 하나를 캐내는 거라고. 그 어떤 치료 마법도 적혀 있지 않을 지도 몰라. 적혀 있다고 해도 그게 네놈 동생의 병을 고치리라는 보장도 없고."

가능성은 지극히 낮다. 단테스가 입을 열었다.

"그렇다고 해도 만약, 만약 그게 이비엔을 위한 거라면

요? 이비엔에게 필요한 책이라면요."

"약해지는군. 단테스, 이성적인 사고를 못 하고 있어."

"……."

그러나 가족이다. 작은 확률이지만 무시할 수 없는 단 하나의 확률. 넬이 입을 열었다.

"돌아가지 마."

"네?"

"나아가."

단테스의 눈이 살짝 커진다. 넬이 단테스의 어깨를 툭 친다.

"11시까지만 돌아가도록 하자. 그러면 되는 일 아니던가. 그리고 샨이 곁에 있으니 괜찮을 거다."

"넬 군도 이성적인 판단을 못 하고 있군요."

넬이 딱 잘라 대답했다.

"가족 앞에서 이성적으로만 생각하는 놈이 과연 기적을 일으킬 수 있을까? 그리고……."

넬은 망설이다가 조금 힘겹게 뒷말을 잇는다.

"만약 내 어머니였다고 해도 같은 선택을 했을 거다."

"그렇군요."

넬의 어머니는 이미 돌아가셨다고 했던가. 단테스가 속

눈썹을 깔았다. 넬이 말했다.

"기왕 할 거면 악랄하게 나아가. 단테스답게. 만약 이게 우연이 아니라 필연이라면, 이번 경매 그 자체가 함정이라면…… 알고 있겠지?"

그 말에 단테스가 작게 웃었다.

"저답게 처리해야겠군요."

"맞아."

마음이 조금은 가벼워졌다. 후회하지 않을 선택, 그것을 위해 얼마나 많은 사람들이 시간을 허비해야 하던가. 단테스는 뒤를 돌아보지 않기로 했다. 그는 담배에 불을 붙였다.

연기가 뭉근하게 피어오른다. 그 끝을 따라 바람의 정령들이 모여들기 시작했다. 순수하게 정령 친화력만 본다면 단테스란 학생은 그리 뛰어난 편은 아니다. 그러나 단테스가 무서운 이유는 그 응용력에 있다.

그중 가장 뛰어난 것은 정령을 사물에 깃들게 해 몇 배의 힘을 내는 것.

정령 융합.

단테스는 불의 정령을 불러들인다. 단테스와 친화력이 가장 낮은 속성이 불이다. 물과 바람 속성은 쉽게 다루는

데 반해 대지와 불 속성에는 늘 난색을 표한다. 그러나 미리 불씨를 피워 놓으면 다루기는 한결 편해진다. 단테스는 담뱃불 끝에 불의 정령을 불러 모은다.

단테스가 작게 속삭인다.

아주 오래된 언어……. 인간이 만든 말도 아니었고 그렇기에 인간의 성대로 내기도 쉽지 않은 그런 언어. 넬은 그게 정령어라는 사실을 깨닫는다. 오래된 약속에 따라 단테스의 담배를 타고 정령들이 모여들기 시작한다.

불과 바람, 그리고 물의 정령이 담배 끝에 휘감기기 시작한다.

"무엇을 불러내기 위해서?"

넬이 묻는다. 단테스는 대답하지 않는다. 정령들이 단테스를 향해 노래를 속삭인다. 단테스 역시 정령들에게 응답한다. 그들의 목소리가 작은 화음이 되어 공기를 튕겨낸다.

이곳은 마법 실험장도 아니고 엘프들이 즐겨 찾는 숲도 아니다. 이 도시에서 가장 더럽고 가장 역한 곳. 단테스는 피를 밟으며 노래를 부른다. 힘이, 강렬한 압박감이 그를 짓누른다. 단테스의 안경이, 렌즈의 표면이 압력을 이겨내지 못하고 금이 간다.

공기가 긴장을 머금는다. 담뱃불이 터질 것처럼 빛나기 시작한다. 화음은 점점 더 커져 간다. 대기가 색을 띠기 시작했다. 넬은 바람의 색을 본다. 불과 물과 바람의 정령이 만들어 낸 아주 오래된 약속을 지켜본다. 공허는 색이 되고 화음이 되어 커져 간다.

이 세상 가장 낮은 곳에서.

마침내 단테스는 '그것'을 소환한다.

쿠르릉—

새하얀 번개가 단테스를 향해 내리꽂힌다.

콰아앙!

번개가 스파크를 내며 이리저리 튀기 시작했다. 진창과 피와 오물들을 타고 바닥을 찢으며 정령들이 환호성을 친다. 그분이 왕림했다.

모든 마법과 주술들이 그렇듯 가장 위험한 순간은 발동을 도중에 멈출 때다. 한번 발동한 소환은 멈춰서는 안 된다. 반드시 적법한 절차에 따라 적법하게 끝내야 한다. 그렇지 않으면 그 반발은 사용자가 고스란히 지게 되어 있다.

단테스는 이 압력 속에서도 멈추지 않았다. 두렵지 않기 때문이다. 이 세상에서 동생을 잃는 것보다 두려운 것은 없기에.

단테스가 손을 뻗는다.

번개는 형체를 띠며 모여들기 시작했다. 이윽고 그것은 또렷한 자아를 가지고 말했다.

『나를 불렀나, '인간'.』

푸른색 번개는 늑대의 모습으로 변했다.

넬은 당황했다. 그 정령에 대해 몰랐던 건 아니다. 아니, 마도를 배우는 자 치고 그 정령에 대해 모르는 자가 몇이나 될까.

번개의 정령, 천랑의 파수꾼, 하늘을 가르는 칼, 울부짖는 하늘.

정령왕은 결코 아니다. 그러나 평범한 정령도 결코 아니었다. 정령의 틀을 벗어난 정령. 정확히 말하면 한때 엘프였다가 악마와의 계약으로 인해 정령으로 변한 어느 엘프 마도사.

그는 악마를 불러 소원을 빌었다. 자신에게 정령왕의 힘을 달라고.

악마는 대답했다. 그러겠노라고. 그리고 악마는 그를 정령으로 만들었다. 그게 악마들의 방식이었으니까. 정령왕의 힘을 준다고 했지 원래의 모습을 유지해 준다는 약속 같은 건 한 적 없었으니까.

그는 두 번 다시 원래의 모습으로 돌아올 수 없었다. 중간계에 머물 수도 없었다. 사랑하는 가족과 함께 죽을 권리조차 없었다. 그는 정령이었고, 정령은 세계의 관조자일 뿐이니까. 그렇다고 자아가 없어진 것도 아니었다. 단테스가 말했다.

"번개의 정령 엘사스시여."

『계약자여. 무엇을 원하지?』

넬은 숨을 삼켰다. 이미 계약을 했던 건가? 그렇다면 어째서 마법사의 탑에 알리지 않았지? 만약 그걸 알렸다면 모두 경악했을 거다. 진급 어려운 이 학교에서 적어도 두 학년은 더 진급시켜 줬을지도 모른다. 그러나 숨겼다. 단테스는 가차 없이 명예를 포기했다. 거창한 이유가 있는 것도 아니었다. 그저 마지막 카드를 남겨 두기 위해서였다.

'대체 이 남자의 힘의 끝은 어디지.'

넬은 숨을 삼켰다.

10.

1층에 내려오니 침대에는 이비엔이 몸을 떨고 있었다. 핏기라곤 없는 피부에 공포가 서리가 되어 내려앉았다. 샨은 그녀의 손을 붙잡는다. 그녀가 탁, 샨의 손을 뿌리친다.

"나야."

"샨, 샨 오빠?"

샨이 다시 그녀의 손을 붙잡는다. 그녀는 빛 없는 눈동자로 샨을 찾는다. 샨은 그녀의 손을 자신의 뺨으로 인도한다. 이비엔은 샨의 얼굴을 쓰다듬더니 눈물을 뚝 떨어뜨린다. 무섭다는 말도, 살려 달라는 말도 이 소녀는 하지 못한다. 그럴 정신조차 없는 거다.

정장을 입은 떡대들은 샨을 내려다보더니 율케스의 형에게 물었다.

"보스, 어떻게 된 겁니까?"

"아아, 좋은 걸 주웠어. 알테리온가의 삼남."

알테리온이라는 말이 나오자 그들이 히익 하며 질린 표정을 지었다.

"도, 돌려보내야 하지 않겠습니까요?"

“나, 나중에 무슨 후환이라도 생기면 어쩌려고 그러십니까요.”

율케스의 형은 피식 웃었다. 샨이 입을 열었다.

“지금이라면 괜찮아요. 돌려보내 주세요.”

“싫은데? 널 죽여서 시체로 써 먹을 생각인데?”

“그러면 최대한 조용히 죽여. 그렇지 않으면 당신, 관절 단위로 분해될 테니까.”

그는 오히려 너스레를 떨었다.

“당신이라고 부르지 마, 예쁜이. 내 이름은 율키르. 란츠크네 가문의 차남이니까.”

대체 왜 이 세상 차남들은 이리 정상이 아닌 놈들이 많은 걸까. 샨은 이마를 꾹꾹 눌렀다.

그는 정말로 샨을 죽일 생각인 모양이다. 지금 바로 죽이지 않은 이유는 아마 이런 장소에서는 처리가 힘들기 때문일 것이다. 흑마법을 사용했을 때 최대한 썩지 않은 좀비로 만들기 위해서는 죽이기 전에 이런저런 방부 처리가 필요하다.

이놈은 뭔가 믿는 구석이 있어 보인다. 샨의 죽음을 완벽하게 숨길 방법이.

‘숨긴다고 하더라도 십중팔구 에론 형이나 아르고 형

이 알아내겠지만. 특히 에론 형.'

같은 미친놈이라고 해도 에론 형의 똘끼에 비하면 이놈은 아직 멀었다. 믿어도 좋았다. 샨은 일평생, 에론 형과 지내왔다. 학교에 들어간 이후에는 티스와 율케스, 아카데미에서 인정한 자타공인 또라이들을 양팔에 끼고 살지 않았던가.

샨은 덜덜 떨고 있는 이비엔의 손목을 붙잡아 맥을 짚는다. 뭔가 이상했다. 인간이라면 응당 뛰어야 할 맥이 거의 느껴지지 않는다. 아무리 환자라고 해도 살아 있는 사람인 이상 피는 돌 거고 맥은 뛰어야 한다.

샨은 실례를 무릅쓰고 그녀의 목에 손을 가져다 댄다.

맥이 거의 뛰지 않는다. 이건 당장 죽어 가는 사람의 맥이다. 그럼에도 불구하고 그녀의 몸은 제대로 움직이고 있다. 이 정도 맥박이면 호흡하는 것도 힘들어할 텐데.

샨의 행동을 봤는지 율키르가 말했다.

"이야, 우리 예쁜이는 뭐가 이상한지 눈치챈 모양이네?"

샨의 목소리에는 분노가 묻어났다.

"……무슨 짓을 한 겁니까?"

"저 아이는·내 취향이라서 말이야. 마물로 만들어 부릴 생각이야.”

“마물…… 그러니까 언데드요? 잠시만요, 그러려면 적어도 제대로 된 공방에서 방부 처리가…….”

그 말에 율키르가 웃었다.

“무슨 소리야, 예쁜이. 내가 누군데, 흑마법의 대가 란츠크네 가문의 차남이라고? 너희 학교에서는 모르는 이런저런 흑마법쯤 알고 있는 게 당연하잖아? 우리 율케스만 봐도 알 텐데.”

율케스, 흑마법으로 태어난 뱀파이어.

이미 뱀파이어는 멸종했다고 알고 있었지만 가문의 비술로 부활시켰다. 샨이 이를 까득 갈았다.

“이비엔에게 무슨 짓을 한 거죠?”

“별거 아니야. 생기가 없기에 마침 잘됐다 싶어 흑마력을 좀 부어 넣었지. 음, 동양에서는 이걸 사기(邪氣)라고 부르던가? 독기(毒氣)? 잘 모르겠네.”

흑마력.

암흑마력이라고도 부른다. 정제하지 않은 마력, 아니 오히려 죽은 자가 내뿜는 원한, 분노, 고통 같은 마이너스적인 에너지를 통칭한다. 흑마법사들도 그다지 사용하지 않는다. 흑마력은 일반 정제된 순수 마력에 비해 사용할 수 있는 마법도 한정되어 있고, 딱히 위력이 더 강한 것도 아니기 때문이다. 거기다가 흑마력을 마법사 자신의 몸에 담는 것만으로도 육체적, 정신적 부담이 크다.

원래부터 죽은 자의 망념이 담긴 에너지다. 그걸 몸에 담고 제정신을 유지한다는 건 불가능한 일이다. 그걸 아픈 사람에게 사용한다는 것 자체가 이놈은 극단적인 사디스트라는 말.

샤은 치를 떨었다. 율키르가 말했다.

"점점 몸이 굳어갈 거야. 어차피 아픈 몸이니 고통은 금방 끝날 거야. 완전히 맥이 멈추고 나면 그때 혼백이 도망치지 못하게 가둬놔야지. 그러고 나면 영원한 내 인형이 되는 거야. 썩지 않은 시체 인형."

"……그런 짓이 용납될 거라 생각하십니까?"

샤의 말에 그가 웃었다.

"무슨 소리야? 곧 네가 당할 일인데. 너는 건강한 아이라 내 연구소에서 시술해야겠지만 말이지. 으음, 어떤 의미로 최상의 인형이 되겠네."

남자의 몸에서는 소독약 냄새가 났다. 시체를 닦을 때 쓰는 톡 쏘는 알코올 향.

샤은 시선을 돌렸다. 이래서는 달의 마력도 무용지물이

다. 달은 흑마법을 더욱 증폭시키는 효과가 있으니까.

'어떻게 하지. 단테스…….'

지금의 자신은 너무나도 무력하다. 샨은 절망감을 맛본다. 그때 말끔하게 정장을 입은 마피아 하나가 율키르에게 접근한다.

"아, 보스. 잠시만 이쪽으로."

율키르는 그를 따라 나간다. 두 사람이 완전히 나가자 카이가 어금니를 따닥 부딪친다.

"마마, 이제 어떻게 할 거야?"

절망은 냉기다. 사람을 졸게 만드는 추위다. 샨은 절망을 뼛속까지 느낀다. 모든 것을 포기하고 흐르는 대로 놔두고 싶었다. 그러나 그랬다가는 기다리는 건 죽음뿐이다. 추위 속에서 잠들고 나면, 달콤한 꿈 뒤에 남는 건 얼어 죽은 시체뿐이니까.

'포기하면 안 돼. 포기하면 안 돼.'

이비엔은 지금 이 순간에도 생기를 빼앗기고 있다. 이비엔은 단테스의 삶의 전부다. 그녀가 사라지고 나면 단테스는 어떻게 될까.

'머리를 굴……려야 해.'

이윽고 샨이 답을 낸다.

"도움을 요청해야 해."

"어떻게?"

샨은 이비엔 옆에 놓여 있는 꽃병을 바라본다. 단테스는 동생을 위해 매일 꽃을 갈아 준다. 아마 저 꽃병 안에는 십중팔구 맑은 물이 차 있을 거다.

샨은 묶인 채 어깨로 장식장을 흔든다. 꽃병이 흔들리더니 탕, 샨 앞에 떨어진다. 보초를 서고 있던 놈들이 말했다.

"헛된 저항 하지 마라."

마법에 무지한 놈들이다 보니 단순 저항이라고 생각하는 모양이다. 다행이다. 율키르가 오기 전에 끝내야 한다. 카이가 속삭였다.

"이 다음엔?"

"물과 가까이 있는 사람에게 연락할 수 있어. 카이의 마력을 쓸 수 없으니 순수한 내 마력만 봐서는 딱 한 번이 기회야. 아마…… 오래 하지 못할 거야."

"단테스에게 할 거야?"

그게 문제다. 샨은 경매장의 위치를 모른다. 단테스가 물 곁에 있으리란 보장이 없고. 그렇다고 해서 이 도시를 벗어나 너무 먼 사람에게 연락하는 건 불가능하다. 즉,

에론이나 아르고, 리오 형에게 도움을 요청할 순 없다.

이 도시에 있으면서 물과 함께 있어야 하며, 무엇보다 위치가 확실한 자.

'티스……!'

티스라면 지금 보충수업 때문에 기숙사에 있을 거다. 그러나 자신이 없다. 티스는 늘 땡땡이를 치곤 하니까. 이 시간이면 여자를 만나러 가거나 기숙사에서 얌전히 잠을 자거나 둘 중에 하나다.

'아…… 목숨을 걸어야 하는데 확률이 50프로라니.'

샨은 티스의 바람기가 원망스러워졌다. 샨은 다시 생각에 잠긴다.

'좀 더 확실한 사람 없을까? 라온 교수님이나 에녹 교수님 같은…….'

라온 교수님은 밤이면 밤마다 어딘가로 뜨는 교수님이라 좌표를 특정 지을 수가 없고 에녹 교수님은 지금 시간이면 신전에 계실 것이다. 블루 타워 기숙사야 통째로 물속에 잠겨 있다곤 해도 신전은 지상 아닌가. 물과 가까이 계시긴 할까? 신전의 물병 위치가…… 어디더라.

'결론은 티스네.'

샨은 살짝 혀를 차고는 결국 기숙사, 자신의 방의 좌표를 떠올렸다. 모든 블루 타워의 학생들은 자신의 기숙사 방의 좌표를 알고 있다. 물을 통한 통신은 블루 타워 기초 마법이니까.

샨은 정신을 집중한다. 확률은 절반.

부디 그가 있기를 바라면서.

그때 뒤에서 남자의 목소리가 서리가 되어 뒷목을 긁었다.

"역시 방심하면 안 된다니까."

퍽!

카이의 비명소리가 들린다. 샨은 마지막까지 마법을 놓치지 않는다. 메시지의 한 글자까지 박아 넣는 순간, 다시 통증이 밀려왔다.

퍼억!

몸이 구른다. 숨쉬기가 어렵다. 샨은 한참이나 기침을 내뱉었다. 갈빗대가 부러진 것 같다. 허파를 찌른 건 아니지만 호흡이 곤란한 걸 보니 내출혈이 생긴 모양이다. 피가 기침을 타고 울컥울컥 배어난다. 샨은 배를 끌어안고 몸을 둥글게 만다.

기절하고 싶었다. 그러나 기절할 수도 없었다. 11시, 단테스와 약속한 시간.

그가 손을 뻗어 샤의 머리채를 잡아 통째로 들어 버린다.

"대체 어떻게 해야 저항을 멈출까. 요 맹랑한 예쁜이."

샤의 눈에서 투명한 눈물이 툭툭 떨어진다. 그는 샤의 눈물을 핥는다. 상식을 한참이나 벗어난 행동이 더욱더 공포심을 부추긴다.

"역시 남은 한쪽 팔마저 부러뜨려야 할까? 그래야 이 예쁜이가 저항을 포기하려나."

그는 미쳤고 사악하다. 동화에서나 나오는 전형적인 악당의 표본이다. 그럼에도 강한 데다 빈틈이 없기까지 했다. 메시지가 티스에게 전달되었을지는 알 수 없다.

샤은 억지로 목소리를 냈다.

"……안 해."

"뭐?"

"내 남은 팔을 부러뜨리든 내 목을 부러뜨리든 절대로…… 포기 안 해. 너…… 같은 새끼한테…… 쿨럭, 쿨럭!"

피가 샤의 새하얀 턱을 타고 툭툭 떨어진다. 카이가 절규했다.

"마마, 그만 말해! 마마!"

샨은 멈추지 않는다.

“너 같은 새끼한테…… 쿨럭…… 굴복할까 보냐…… 쿨럭, 쿨럭!”

기침이 숨을 막는다. 후두 바깥으로 피가 쏟아진다. 산소를 받아들이는 것조차 어렵다. 허파로 숨을 받는다는 게 이토록 어려운 일이던가. 그러나 지고 싶지 않았다. 만약 여기서 자신이 포기하면 이비엔은 죽는다.

고통 때문에 눈물이 멈추지 않는다. 말을 할 때마다 놈이 긁어 놓은 상처 때문에 죽을 맛이다. 숨을 쉴 때마다 가슴이 비명을 지른다. 그럼에도 샨은 놈을 노려보는 걸 멈추지 않는다.

푸른 불꽃 같은 놈의 눈동자가 샨을 바라본다. 율케스와 닮은 눈동자, 그러나 온도가 달랐다. 율케스는 이보다는 따뜻했다. 율키르가 웃었다.

“마음에 들어, 예쁜이. 그래, 너는 최고의 인형으로 만들어 줄게. 몸도 마음도 꺾이고 나면 과연 어떤 표정을 지을까? 저 소녀도 인형이 되고, 친구는 절망하고, 너 역시 인형이 되기 직전…… 우리 예쁜이는 어떤 목소리로 울어 줄 거지?”

샨이 눈을 부릅뜨며 대답했다.

"난 울지 않아."

"아냐, 넌 울고 있어, 예쁜이. 지금도 이렇게 울고 있는 걸."

놈이 샨의 눈물을 핥는다. 샨은 증오가 담긴 눈으로 놈을 노려본다.

"아니, 나는 울지 않아. 나는 우는 것보다 남을 울리는 걸 더 잘하거든. 태어나서 단 한 번도 울어본 적 없는 우리 작은 형도 나 때문에 울곤 했어. 율키르 란츠크네, 넌 울게 될 거야."

샨이 놈의 얼굴에 침을 뱉는다. 율키르는 손등으로 침을 훔친다.

"하하하, 니가? 나를? 드래곤의 권능 하나 사용하지 못하는 마스터가?"

그 순간, 샨의 눈동자에서 달이 떠오른다. 샨의 몸에 적게나마 남아 있는 카이의 마력이 발동한다. 물질의 본질을 보고 관통하는 힘. 샨은 아주 적은 힘으로 자신을 묶고 있는 밧줄을 끊는다. 그러고는 홀더에서 알테리온 소드를 뽑는다. 검을 못 쓰는 병신이라고만 알려져 있는 샨이었다. 용의 권능을 훔친 이상 병신이라고 생각했다. 거기다가 묶이기까지 했으니.

사실상 알테리온 소드는 생각지 못했다. 타인을 거부하고 스스로 불타는 검이라니 검을 뺏는 것조차 힘들기도 했다. 샨이 알테리온 소드를 드는 순간, 알테리온 소드는 샨을 다시 거부한다.

화염이 샨의 살갗을 태운다. 화끈한 감각에 샨은 다시 잇새로 신음이 밀려왔다. 놈이 반사적으로 샨을 향해 공격 마법을 날린다. 마력은 상관없었다. 환상도 상관없었다. 샨은 놈을 향해 검을 찔렀다.

환상을 부수는 검이 살을 파고들고 근육을 끊는다. 내장을 자르고는 깊게 들어간다.

놈이 샨을 집어던진다. 샨의 몸이 너무나도 가볍게 날아가 벽에 부딪친다.

병신 같고 망나니 같다고는 하나 율케스의 형이다. 살인은 하지 않았다. 다만 보통 사람이라면 반년은 족히 요양해야 할 곳에 칼을 박아 넣었을 뿐.

놈이 피를 내뱉는다. 마법으로 급히 치료하려 한다. 그러나 불가능하다. 알테리온 소드는 그 어떤 환상도 부숴버린다. 알테리온 소드가 남는 곳에는 현실만이 앙상하게 남는다. 샨에게 칼이 박힌 그 현실이.

놈이 검을 뽑으려 한다. 그러나 다른 이의 손길을 거부하는 검은 더욱더 활활 불이 오른다.

"너…… 크윽…… 꼬마 자식이이……."

샨은 한쪽 어깨를 끌어안고는 놈에게서 최대한 물러난다. 당황한 똘마니들이 놈을 도우려고 몰려든다. 그러나 놈은 도움을 물리친다.

이상했다. 뭔가 잘못 돌아가고 있다는 것을 깨닫는 순간.

거구가 쓰러졌다.

쿠웅―

"주, 죽었어?"

샨의 눈이 커진다. 죽일 생각은 없었다. 다만 이비엔을 지키려고 했을 뿐이었다. 샨은 무릎으로 기어가 놈의 맥을 짚는다. 아무것도 느껴지지 않는다. 놈이 죽었다.

샨의 눈이 커진다. 그때 똘마니 하나의 몸이 커진다. 흡사 풍선 같다. 나무에서 떨어지기 직전의 홍시 같아 보이기도 했다. 놈이 고통스런 비명을 지른다.

"보스, 보…… 크윽…… 보스…… 으으으!!"

어떻게 된 영문인가 싶어 샨의 눈이 커진다.

2미터가 넘는 덩치는 부풀 만큼 부풀어 오르더니 펑! 터졌다.

육편이 날아올 거라고 생각하며 샤은 이비엔을 끌어안는다. 그러나 날아온 건 뭔가 축축하고 검은 액체였다.

쓰러진 똘마니의 몸속에서 새카만 머리칼의 소년이 기어 나온다. 소년과 샤의 눈이 마주친다. 율케스와 닮은 금발이 아니다. 오히려 율케스와 닮은 데라고는 전혀 보이지 않는 어두운 보라색 머리칼에 자색 눈동자였다. 그가 샤을 보며 말했다.

"자, 그러면 언제 울게 해 줄 건데. 예쁜이?"

샤은 죽은 율키르의 시체를 한 번 보다가 다시 소년을 바라본다. 황망해진 샤의 표정을 보자 소년이 깔깔거린다.

"저건 내 인형이야. 꼬맹이. 흑마법사는 언데드를 여러 마리 데리고 다닌다는 걸 학교에서 안 가르쳐 줬니?"

"……."

소년의 머리칼은 바닥에 닿을 정도로 길었다. 소년의 눈 아래에는 어둠이 깊게 파여 있었다. 잠이라고는 자 본 적 없는 사람처럼 눈두덩이 어둡고 퀭했다. 시체보다 창백한 얼굴을 하고는 악마보다 오싹한 웃음을 터뜨리며 소년은 자신의 목을 비스듬히 꺾는다. 샤은 말문을 잃는다. 그저 이비엔을 끌어안을 뿐이었다.

소년은 저벅저벅 걸어가서 자신의 인형이었던 그것이 입었던 망토를 주워서 자신의 몸에 걸친다. 머리카락만큼이나 새카만 망토다. 소년이 후드를 푹 내린다. 망토 밖으로 소년의 살갗 하나 보이지 않는다.

이윽고 망토가 부풀어 오르기 시작한다. 마치 비를 맞은 대나무 순처럼 쑥쑥 부풀어 오른다. 시장 거리에서 이따금 보여주는 싸구려 마술쇼 같아 보이기도 했다. 소년이 망토를 벗는다. 그 자리에는 키가 2미터가 넘는 긴 머리칼의 거구가 서 있었다.

보라색 머리카락은 성장함에 따라 무척이나 연해졌는데, 거의 흰색에 가까운 연보라빛을 반사했다. 몸은 몹시도 말랐는데, 거식증에 걸린 것 같아 보일 정도였다. 마른 살갗 위로 푸른 핏줄이 쇄골부터 턱 아래까지 맥동하는 게 보인다.

눈 밑이 검은 남자가 말했다.

“전투 중에 내 본 모습을 꺼낸 건 율케스 이후로 네가 처음이야, 예쁜이. 역시나 톡 쏘는 맛이 있는데?”

정신이 나갈 것 같았다. 샨이 되물었다.

“당신은 누구죠?”

“말했잖아. 율키르 란츠크네, 란츠크네 가문의 차남이

자 흑마법의 권위자. 죽은 자들의 인형사이자 특별한 시체를 찾아 모으는 컬렉터지. 지금은 네 시체에 흥미를 갖고 있지. 샨 알테리온."

그가 다시 샨의 눈물을 핥았다. 축축했다.

마치 문어가 자신의 빨판을 훑는 것 같은 혐오감이 밀려온다. 샨이 이를 빠득 갈았다. 그는 샨의 남은 손목을 붙잡는다.

"그래, 이제 날 어떻게 울려 줄 거지? 샨?"

그러고는 샨의 손목에 힘을 준다. 살이라고는 조금도 보이지 않는 앙상한 팔임에도 샨은 지독한 고통을 느낀다.

우드득—

손목이 부러진다. 그가 웃었다.

"역시 대단해. 천사 같은 얼굴을 하고서는 신음 한 번 안 지르는군."

샨의 망막에 다시 초승달이 떠오른다.

"널 쓰러뜨릴 거야. 율키르 란츠크네."

"예쁜 눈이야. 달은 여성에게만 힘을 빌려주는 걸로 알고 있는데? 어머니들의 어머니를 어떻게 구워삶은 거지? 거기다가 각인 마법? 고대에서나 썼던 수련법이잖아? 우리 예쁜이 보면 볼수록 마음에 들어."

그때, 침대 옆 쏟아져 있는 물 위로 거품이 한 방울 툭 올라왔다. 절대로 거품이 올라올 만한 상황이 아니었다. 바닥이 나무인 것도 아니고, 쏟아진 지 얼마 안 된 것도 아니었다. 그렇다는 말은 즉…….

'……메시지를 확인한 거야.'

심장이 뛰었다. 샤은 눈동자가 흔들리지 않기 위해 최대한 노력한다. 놈은 강하며 눈치가 빠르다. 물은 공간과 공간을 잇는다는 사실을 놈이 모를 리가 없다. 다행히도 놈은 샤의 얼굴에 주목할 뿐 시선을 다른 곳으로 돌리진 않는다. 티스가 샤의 메시지를 확인했다. 이제 곧 그가 온다.

'놈이 눈치채면 안 돼.'

이렇게 된 거 11시까지 버틴다. 그게 유일한 희망.

샤은 고통을 억눌렀다.

11.

"고작 이것을 위해 온 겁니까? 시간이 너무 지체됐군

요.”

어두운 경매장 안, 그곳에 있는 건 단테스와 넬뿐이었다. 둘의 목숨을 노리던 잔당들은 이미 바닥에 산처럼 나동그라져 있다. 넬은 자신에게 덤벼든 놈의 목젖에 팔꿈치를 박았다.

퉁!

그 한 방에 과거 샨이 보여 주었던 기초 무예의 진수가 담겨 있다. 놈의 몸이 한 번에 훙 날아간다.

“흐음. 그래도 마법서는 챙겼군요. 진품이에요.”

단테스는 그럭저럭 높은 계급의 덩치를 깔고 앉는다. 구둣발로 놈의 얼굴을 꾹꾹 누르며 페이지를 훑는다. 금방이라도 삭을 것처럼 오래된 양피지에는 고대의 언어가 빼곡하게 적혀 있었다. 단테스가 마법서를 던진다.

“넬.”

넬이 탁 마법서를 받아서 훑어본다. 이래 봬도 전교 석차 3위 안에 드는 넬이다. 고대어라면 3학년 과정까지 예습해 놨다.

“상급의 회복 마법이야. 시간을 들인 보람이 있어.”

단테스는 주변을 훑어본다. 현재 시간은 10시 50분, 이미 한밤중이다. 약속 시간 안에 도착하는 건 이미 포기했다. 그래도 소득이 있으니 그걸로 되었다고, 단테스는 생각한다. 샨에게는 그만한 보상을 해 줘야겠다. 요즘 들어 이비엔의 응석도 심해졌으니까.

어찌 되었건 단테스 정도 되는 놈을 속이기 위해서는 가짜 마법서로는 턱도 없다. 진짜 미끼가 있어야 한다. 알면서 쳐들어올 정도는 되어야 한다. 아무리 그래도 이 정도의 마법서일 줄은 몰랐다. 물고 보니 대어 아니던가.

단테스는 목을 우득우득 풀었다.

"자, 싱겁게 끝났으니 이제 슬슬 돌아가 볼까요?"

"큭…… 크크큭. 싱거워?"

단테스 아래에 깔려 있던 똘마니가 웃었다. 이 녀석은 오랫동안 알파도 일파와 반목해 왔던 카르텔 중의 하나다. 단테스가 상냥하게 웃으며 놈의 얼굴을 지그시 밟는다.

"뭐가 그리 즐거우십니까?"

"네놈의 일그러질 표정을 생각하니 기뻐져서 말이지."

무슨 소리일까. 넬이 검지를 들어 단테스의 입을 막는다. 그러고는 자신은 웅크려 앉아 놈과 시선을 맞춘다.

"무슨 말을 하고 싶은 거지?"

"별거 아니야. 둥지를 나간 암탉이 곧 둥지로 돌아가고 나서 무슨 생각을 할지 궁금해서 말이야. 이비엔이라고 했나? 네놈 동생?"

그 순간, 단테스의 구둣발이 놈의 목을 콱 틀어 누른다. 강한 압박에 뼈가 부러지는 소리가 울리기 시작한다. 넬이 단테스를 밀친다.

"그만 해! 저러다 죽는다."

단테스가 말했다.

"헛소리입니다. 알파도가의 호위망을 뚫으려면 많은 인원이 필요해요. 그 정도의 움직임을 제가 포착하지 못할 리 없죠."

놈이 반문한다.

"쿨럭, 쿨럭! ……만약 가능하다면?"

단테스가 말했다.

"그건 불가능……."

"매우 실력 있는 놈을 하나 고용했지. 그놈 앞에서 숫자는 관계없어."

"그 정도의 용병을 댁이 구했을 리 없을 텐데요. 적어도 소드 마스터급의 능력이 아닌 이상에야? 왜요. 알테리온 가문이라도 섭외하신 겁니까? 가서 제 동생이라도 죽여 달라고?"

놈이 말한다.

"아니, 그 정반대."

그 순간 단테스의 발이 놈의 목을 끊어 버린다.

우드득, 뼈가 부러지며 놈이 기괴한 소리와 함께 비틀린다. 놈은 죽었다. 그러나 단테스는 화가 풀리지 않는지 한참을 놈을 노려본다.

"넬, 당신 생각은?"

"가능성은 낮아. 하지만 이번 함정에는 뭔가 의미가 있다고 생각한다."

놈은 죽어 가며 정반대라고 했다. 알테리온 가문의 반대라. 그게 무슨 뜻일까. 넬의 머릿속에서 수많은 지식들이 스쳐 지나간다. 추론은 점점 더 나쁜 쪽으로 빠지기 시작한다. 단테스가 넬의 어깨를 툭 친다.

"일단 최대한 빨리 돌아가도록 하죠."

넬이 대답한다.

"아니, 돌아가는 게 아니야. 단테스 알파도."

청년의 긴 머리칼이 눈을 가린다. 그러나 넬의 망막만큼은 어둠 속에서 달처럼 선명하게 빛난다.

"만약, 그놈의 말이 사실이라면…… 그 명제를 가정으로 두기엔 가능성은 지극히 낮지만, 알파도의 모든 병력을 일거에 처치할 수 있는 그런 강자를 불러들인 게 진짜 라면…… 우리가 언제 돌아가든 의미가 없어. 이미 상황은 끝났을 테니까."

단테스는 피가 얼어붙는 기분을 느낀다. 넬이 낮게 속삭인다.

"그리고 단테스, 네 약점은 동생 앞에서는 어떤 계산이든 무의미해진다는 거다."

체크 메이트.

넬과 단테스는 서로를 바라본다. 시간은 10시 55분.

11시가 되기까지 겨우 5분밖에 남지 않은 시간. 넬이 말을 이었다.

"이비엔은 인질로 둔다고 해도 그런 놈이 과연 샨을 살려 둘까? 그렇다면 샨의 죽음에는 누가 책임을 지지?"

단테스가 넬의 멱살을 붙잡는다. 넬의 몸이 너무나도 쉽게 그에게 끌려 올라간다. 그러나 넬은 계산하는 것을 멈추지 않는다. 차가운 이성이 넬을 지배했다.

"결국 확률은 둘 중에 하나다. 저놈이 거짓말을 했든가, 아니면 진실이든가."

넬이 손을 뻗어 단테스의 안경을 후려친다. 단테스의 안경이 바닥을 구른다. 넬이 요염하게 입술을 벌린다.

"진정해. 단테스, 시간은…… 시간은 돌아오지 않아."

"그래서?"

넬이 그의 넥타이를 붙잡아 당긴다.

"이 상황에서는 최악의 상황을 상정하면 안 되지. 이미 두 사람이 죽었다면 그 어떤 노력도 의미가 없으니까. 최악이지만 최상의 상황을 예측하는 거다."

단테스가 대답했다.

"그 말은 '놈들이 말한 용병의 실력은 진짜였다. 그러나 샨도 이비엔도 살아 있다'는 걸 전제로 움직이자는 겁니까?"

넬이 말했다.

"이 세상에 희망만큼 강한 것도 없어."

그 말에 단테스가 대답한다.

"그러나 희망만큼 잔혹한 것도 없죠."

선택의 여지는 없다. 그러면 이제 어떻게 움직일 것인가. 단테스의 머리가 차갑게 식는다.

12.

희망은 늦겨울 눈송이와 같다. 가장 혹독한 날을 골라 내려와 여섯 개의 팔을 뻗어 절망을 움켜쥔다. 그것은 절망이 만들어 내는 육각형의 마술이다. 눈송이는 대지에 닿아 백색 숨결이 되어 절망을 장식한다. 늦겨울 눈은 쌓이는 데서 끝나지 않는다. 반드시 녹아야만 그 의미가 있다. 녹아서 질척하게 뭉친 진흙은 새싹과 함께 봄을 부를 테니까.

샨은 절망 속에서 희망을 본다.

몸이 묶이고, 반지를 빼앗기고 두 팔마저 부러진 몸뚱이를 갖고도 희망을 직시했다. 어둠 속, 벽난로가 탁탁 소리를 내며 타오른다. 공기는 따뜻해졌지만 이비엔의 몸은 점점 차가워져만 갔다. 메이드 제인은 노구를 이끌고 그녀를 돌본다.

마피아 놈들에게 한번 두들겨 맞은 몸이다. 물리적으로도 더 이상 저항은 하지 못한다. 아직 이비엔은 인질로서 가치가 있기에 내버려 둔다.

이비엔의 맥박이 아까보다 빠르게 헐떡인다. 꺼지기 직전 촛불이 가장 밝다고 하지 않던가. 샨은 불안을 삼킨다.

탁자 위 괘종시계가 10시 55분을 가리킨다.

단테스가 과연 11시까지 올까?

겨우 5분 남았다. 단테스와 넬이 과연 시간 안에 올까?

넬이 있는 화이트 타워의 고유 마법, 윈드 워크를 사용한다면 가능하다. 순간 속력만 치자면 카이가 나는 속도를 훨씬 웃돌지 않던가. 그러나 그건 어디까지나 변수가 없을 때 이야기.

샨은 눈을 감고 깊게 심호흡을 했다. 에론 형은 늘 이렇게 말했다.

우선 질문을 하라고. 일의 우선순위를 정할 질문을.

'우리에게 최악의 상황은 무엇이지?'

샨 자신과 이비엔, 그리고 카이, 그리고 돌아올 단테스와 넬의 죽음이다. 샨이 봤을 때는 율키르의 실력은 교수님들 급이다. 학생급인 샨이나 단테스, 넬이 이길 수 있는 상대가 아니다. 힘을 합쳐도 버거울 거다. 티스가 가세한다면 상황은…….

'…….'

샨은 생각을 멈춘다. 얕은 숨은 실수를 부른다. 샨은 다시 숨을 깊게 마신다.

'티스가 온다고 해도 상황을 반전시키기는 힘들어.'

샨은 이를 빠득 갈았다. 학생 신분으로는 힘의 차이가

크다. 그러나 놈이 샨에게 했던 짓을 생각하면 그걸 그냥 넘어갈 만큼 샨의 마음이 너그럽지가 않다. 뺨에는 아직도 놈의 혓바닥 감촉이 남아 있다. 꿈에 다시 나올까 끔찍하다.

나중에 에론 형에게 편지를 쓰는 한이 있더라도 복수하리라. 죽여 버리진 않아도 야산에 파묻는 것 정도는 해 주겠지.

'어, 복수? 나 처음으로 누군가에게 진심으로 복수를 생각하고 있어.'

티스는 샨에게 늘 이런 말을 하곤 한다. 우리 애기는 인간으로서의 감정이 결여되어 있다고. 이런 복수심도 인간적인 감정에 포함되어 있는 건가. 샨은 자신의 가슴께를 문지르려다 신음을 한다. 놈이 부러뜨린 팔이 심하게 부어 있다.

아무튼 놈과의 전투를 염두에 둬서는 안 된다. 도망치는 거다. 샨은 목표를 도망치는 것으로 좁혔다.

'다음 최악의 상황은 시간에 못 맞춰 이비엔이 죽는 것.'

지금 이 순간에도 흑마력이 그녀의 몸을 갉아먹고 있다. 이걸 정화하려면 적어도 아카데미로 가야 한다. 치유 마법에 정통한 에녹 교수님이라면 답이 나올지 모른다.

'……그건 어떻게든 될 거야.'

샤의 눈이 차갑게 가라앉는다.

사람들은 늘 샤의 달콤한 외모에 속곤 한다. 심지어 율키르조차 샤의 미모에 깜빡 방심할 정도였다. 샤은 생각한다. 이건 체스다.

몇 수 앞을 보느냐에 따라 승패가 갈린다.

시간은 이제 11시 10분.

단테스는 지각하고 있다.

헐떡이는 이비엔의 숨결 사이로 눈물이 흘러내린다.

"……오빠."

샤은 속눈썹을 내리깔고는 그녀의 눈물을 바라본다. 지금의 팔로는 그녀의 눈물을 닦아 주지도 그녀를 끌어안지도 못한다. 율키르처럼 조롱하며 눈물을 핥아 올리는 것조차 할 수 없다.

샤은 그저 바라보고 또 바라볼 뿐이었다.

이제…… 이비엔의 시간이 얼마 남지 않았다.

13.

탕탕탕!

주먹이 철에 닿아 묵직한 소리를 낸다. 넬은 철문 앞에서서 문을 두드린다. 아직 눈이 되지 못한 빗줄기가 안개처럼 쏟아지기 시작했다. 빗줄기는 절망이 되어 넬의 머리칼을 적신다. 어둠 속, 넬의 청아한 눈동자만은 선연했다.

넬은 다시 주먹을 들고 대문을 두드린다.

탕탕!

이윽고 문이 삐걱 열린다. 알파도가의 똘마니들이 아니다. 낯선 마피아들이 넬을 내려다본다. 넬은 눈동자만 굴려 그들을 노려본다.

"어이고, 이거 누구신가? 알파도 패밀리의 회계사님 아니신가."

"협상하러 왔다."

"큭큭큭, 무슨 협상을 하려고?"

넬이 짧게 대답했다.

"그건 네놈이 알 바 아니고."

그 말에 분노한 똘마니가 주먹을 날린다. 체격 차이가

워낙 크다. 넬의 작은 체구로는 놈의 주먹을 맞았다가는 두개골이 함몰된다. 그러나 넬은 몸을 틀어 손바닥을 날린다. 버드나무처럼 가벼운 손놀림이다. 그러나 그 가는 손이 놈의 팔을 붙잡아, 힘의 방향으로 집어던진다.

쿠웅!

거대한 몸이 너무나도 시원하게 엎어진다.

넬은 돈 가방을 탁 내려놓는다.

"방금 공격으로 평생 밥 수저도 못 들게 할 수 있었다. 난 알파도 패밀리를 대신해 협상하러 왔고 최대한 평화적으로 끝내고 싶을 뿐."

그 말에 엎어진 덩치가 소리를 지르며 몸을 일으킨다.

"뭐? 이 기생오라비가!"

옆에 있던 또 다른 똘마니가 덩치를 붙잡는다.

"그만 둬. 일단 보스에게 알리는 게 먼저다."

덩치가 넬의 뺨을 향해 침을 탁 내뱉는다. 명백한 도발이다. 만약 여기서 넬이 화를 참지 못한다면 교섭은 휴지조각이 된다. 덩치도 그걸 아는지 넬에게 한마디 더 했다.

"너냐? 단테스 놈 옆에 매일 밤 붙어서 잔다는 마누라가?"

넬이 대답한다.

"아아, 그래. 덕분에 매일 밤 좋아 죽을 지경이다."

그 말과 동시에 넬의 돈 가방이 날아가 놈의 턱에 꽂힌다.

퍼억!

귀신 같은 솜씨였다. 놈의 턱이 옆으로 돌아간다. 갑자기 두개골에 충격을 날리니 사고가 정지된다. 넬은 다시 돈 가방을 들고는 모서리로 놈의 팔꿈치에서 튀어나온 곳을 후려쳤다.

"크아아아악!"

관절이 부서지는 소리가 들렸다. 넬은 놈을 향해 태연하게 말했다.

"이걸로 밥 수저도 못 들게 되었군."

그 말대로 놈은 평생 팔을 올리지도 못하게 되었다. 넬이 되물었다.

"협상은 안 할 건가? 그러면 돌아가도록 하지."

아쉬운 건 분명 단테스 알파도 측이다. 그러나 넬은 도박을 하는 한이 있더라도 기선을 제압하는 쪽을 택한다. 똘마니들이 이를 까드득 간다. 기본적으로 글도 읽지 못하는 하류 인생들이다. 하루 싸워 하루 벌어먹고 사는 놈들이 이런 심리전을 읽어 낼 턱이 없었다.

"보스에게 알리도록 하지."

넬이 선수를 친다.

"아니, 동행하도록 하지. 어차피 우린 계속 얼굴 볼 사이 아닌가."

그러고는 돈 가방을 어깨에 탁 걸친다. 똘마니들이 서로의 눈빛을 교환한다. 그래 봤자 명령받는 데 익숙한 놈들이다. 넬이 한마디 덧붙였다.

"시간이 지체될수록 인질의 가치는 떨어질 텐데? 우리 쪽 동업자도 기다리는 건 몹시 싫어하거든."

"동업자? 단테스는 네 보스가 아닌가?"

넬이 못을 박는다.

"동업자다."

빗방울은 안개처럼 쏟아져 넬의 셔츠를 눅진하게 적셨다.

•

14.

율키르는 생각에 잠긴다.

란츠크네 영지는 늘 고요하다. 큰형은 연구실에 틀어박혀 묵상을 즐겼고, 아버지는 냉혹했다.

가족 중에 율케스를 진짜 혈육이라고 생각하는 이는 아무도 없다. 그도 그렇지 않은가. 어머니가 죽은 아이를 임신했을 때부터 란츠크네 가문의 시술이 시작되었다. 생체 실험, 흑마법, 이제는 금지된 여러 주술들……

막내 동생 제작 과정을 철들기 전부터 모두 지켜본 셈이다. 덕분에 어머니는 율케스를 두려워하고, 아버지는 인간이라기보다는 병기로 취급하고 있다.

자신도 그런 놈이 진짜 남동생 같아 보이지도 않고.

뭐 그렇다고 해도 애초부터 흑마법으로 비틀린 집안이다. 선조 중에 악마와 거래한 이도 여럿 있는데 그까짓 뱀파이어 동생이라고 다를 건 없다.

다만 궁금하긴 했다. 그 녀석이 어째서 아카데미에 그토록 가고 싶어 했는지.

아버지께서는 오래전부터 율케스가 아카데미에 다니는 것을 반대해 왔다. 그러나 율케스는 아버지를 거스르면서까지 뛰쳐나갔다. 그 대가로 녀석은 졸업하는 순간부터 평생을 란츠크네 가문 아래에서 살아야 한다.

인체 실험이야 당연히 할 거고, 말도 못 할 이런저런

약물들이 놈의 몸에 주사되겠지.

분명 아버지 성격에 그 녀석이 설사 어디서 비명횡사해도 놓아주지는 않을 거다. 시체라도 일으켜서 계속 재활용하겠지.

그만큼 녀석이 아카데미에 오기 위해 치른 희생이 크다. 그래서 율키르는 궁금했다.

대체 무엇이 그놈에게 그런 약속까지 하게 했는지.

친구? 우정?

그게 얼마나 부질없는지는 본인이 더 잘 알거다. 가족도 돈 앞에서는 콩가루가 되고 마는 게 세상인데, 그깟 우정이 얼마나 힘이 있다고.

흥미가 생겼다.

오랜만에 공방을 나와 놈이 있는 아카데미 근처에 어슬렁거렸다. 샨과 티스, 그리고 율케스에 대한 소식은 굳이 알아보려고 노력할 것도 없이 이미 파다하게 퍼져 있었다. 그 삼인방은 많은 주목을 받고 있으니까. 거기다가 티스는 이미 전부터 이쪽에서 얼굴을 파악하고 있었고.

그 와중에 심심풀이로 의뢰를 받은 결과가 이거다.

'샨, 샨 알테리온이라.'

미모를 보고 놀라지 않았다면 거짓말이리라.

아카데미 신문에서 봤던 초상화보다 실물이 낫다. 세상에, 화가의 손이 사람 얼굴을 못 따라가는 날이 오다니. 처음에는 어느 양갓집 규수가 남장을 한 건 아닐까 생각도 해 봤다. 그래서 아랫도리를 만져 보니 사내놈이 맞다. 통탄할 일이다.

지가 화류계에 살 것도 아닌데 사내놈이 저런 미모면 아무 짝에도 쓸모가 없지 않은가.

아깝다. 아까워.

율키르는 진지하게 아쉬워했다. 조각상에서나 볼 법한 완벽하게 대칭된 두개골이다. 광대뼈에서 턱까지 이어지는 라인이 기가 막히다. 눈, 코, 입의 비율은 수학적으로 완벽했고, 눈동자는 사람을 빠뜨릴 만큼 깊고 유혹적인 빛을 반사했다.

그런 주제에 얼음이 뚝뚝 흐르는 차가운 말투에 머리채가 잡힌 상황에서도 원수에게 칼을 꽂아 버리는 집념. 그러면서도 급소는 피해서 찔렀다는 게 귀여워 죽겠다.

혹시 율케스가 그런 쪽에 취미가 있나 싶다만, 그놈은 인간적인 감정 자체가 마취된 놈 아니던가.

애초에 우정이라는 감정 자체를 품고 있는지도 의심스럽다.

'그러고 보니 금지된 술법 중에 영구적으로 성별을 전환시키는 비약이 있던 것 같던데.'

샨을 여자로 만든 후에 죽여서 영혼을 뽑아내고 시체는 방부 처리해서 언데드로 만들어 평생 데리고 사는 것도 괜찮지 싶다.

그렇게 되면 율케스 놈은 친형을 향해 어떤 증오를 토해낼까.

율키르는 손톱을 물어뜯었다.

'상상만 해도 짜릿짜릿한걸.'

그때 문 두드리는 소리가 울린다.

"무슨 일이야?"

"보스, 알파도 패밀리에서 협상을 하겠다는데요."

"일 없어."

그러나 문이 텅! 열린다.

단정한 슈트 차림에 잿빛 머리칼을 한 청년이었다. 청년은 까만 돈 가방을 율키르 앞에 탁 내려놨다.

"그쪽 고용주는 협상을 원할 텐데?"

그건 진실이다. 귀찮게 됐군. 율키르는 혀를 찼다.

"이곳은 알파도 패밀리의 게스트 하우스일 뿐이야. 여기를 점령한다고 해도 잠시뿐이지, 곧 전 제국의 알파도 패밀리가 몰려올 거다.”

“적어도 단테스는 사라지겠지. 그가 일하는 이유는 그의 동생 때문 아니던가?”

그 말에 넬이 피식 웃으며 뇌까린다.

“그래, 맞아. 예전의 알파도 패밀리가 되는 거야. 혹시 기억하나 모르겠군. 과거 알파도 패밀리들이 어떻게 살았는지. 글자는커녕 손가락으로 산수도 못 하는 놈들이 폭탄을 몸에 감고 복수하러 달려왔지. 안 그래? 어차피 그 애들은 계산 같은 거 안 해. 그건 의뢰주뿐만 아니라 그쪽에게도 나쁜 소식이고.”

그 말에 율키르는 이를 드러내며 웃었다. 확실히 눈앞에 있는 이 소년은 다른 알파도 패밀리들과는 다르다. 이성적이고, 논리적이며 그럼에도 불구하고 이 소년의 언어는 사람의 가슴에 불을 지핀다.

‘아아, 나는 왜 이런 타입에 약한 걸까.’

가학심이 밀려온다. 죽기 직전 저 소년은 어떤 목소리로 울게 될까 생각하며 율키르는 입술을 핥는다.

“단테스는 어디 가고 네가 왔지?”

“넬이다.”

본명일까 가명일까. 율키르는 손가락 사이에 깍지를 낀

다.

"그래. 넬…… 너는 단테스 부하인가?"

"동업자다."

"그래? 내 앞에 혼자 왔다는 건 목숨을 걸었다는 건데. 돈 때문인가? 단테스가 꽤나 챙겨주는 모양이군."

넬은 긍정도 부정도 하지 않는다. 융키르는 이를 드러내며 웃는다. 머리야 뛰어나지만 그래 봤자 어린놈. 이 세상에 돈 싫어하는 사람은 없다지만 저런 녀석은 그런 것 때문에 목숨을 걸지는 않는다. 돈과 목숨, 무엇이 진짜 더 소중한지 판단할 줄 알기 때문이다.

넬은 그를 바라보고 있다. 오로지 자신만을 바라보고 있었다.

기이했다. 평범한 협상가라면 그의 뒤에 있는 이비엔이나 만신창이가 된 샨 정도는 곁눈질할 수 있지 않은가. 평생 볼까 말까 할 정도로 예쁘게 생긴 애들이 걸레짝이 되어 바닥을 구르고 있는데?

'아, 약점이군.'

필시 저 둘 중에 한 명 때문에 왔으리라.

"그래서 넬 군은 우정 때문에 왔나, 사랑 때문에 온 건가?"

넬의 눈썹이 살짝 흔들린다. 율키르는 놓치지 않는다.

"무슨 소리인지 알 수 없군. 협상을 하지 않는다면 돌아가겠다."

"별건 아니야. 협상하자고. 내가 원하는 걸 들어 주지 않는다면 지금부터 인질의 손가락을 하나씩 자를 테니까. 어디, 저 어린 계집의 손가락이 좋을까?"

율키르는 단검을 꺼내 이비엔의 손가락을 지그시 누른다. 붉은 피가 아니라 까만 피가 흘러내린다. 이미 흑마력에 오염이 되었다는 증거. 그러고는 그가 칼날을 빼서 이번에는 샨의 부러진 손을 향해 가져다 댄다.

고통을 참지 못하고 샨이 비명을 지른다. 순간 이성을 잃고 넬이 바닥을 친다.

"그만둬!"

정답. 넬은 실수했다는 걸 깨닫는다. 그러나 샨의 손가락을 날릴 수는 없다. 넬이 조급한 마음에 말을 잇는다.

"그쪽이 원하는 게 뭐지?"

율키르가 말했다.

"음, 뭐. 의뢰주는 돈 조금이랑 이쪽 지역 권리서 좀 가져오라던데?"

그걸 빼앗기면 단테스는 이 지역에 두 번 다시 발을 못

붙이게 된다. 그걸 알파도의 빅파더가 가만히 놔둘 리가 없다. 사실상 단테스의 매장을 뜻한다.

넬이 말했다.

"이쪽은 두 사람 신변의 안전을 요구하지."

"한 명만 가능해. 한 명만 안전하게 풀어 주겠어. 다른 하나는…… 나와 함께 가는 거야."

넬은 입술을 깨문다. 그 곤란한 표정이 윤키르를 기분 좋게 만들었다. 이윽고 넬이 입술을 열었다.

"좋다. 우선 돈은 이 가방 안에 있으니 확인해 보도록."

'흠, 금방 표정을 숨기는군.'

나이 치고는 감정 제어가 빠르다. 윤키르가 가방을 향해 다가간다. 테이블에 놓인 새카만 가죽 케이스. 넬은 직접 확인해 보라는 듯 손을 뗀다. 윤키르가 잠금쇠를 달칵 연다.

기분이 조금 이상하다. 논리적으로 설명할 수 있는 건 아니다. 그저 희미한 불안감이 가슴속에서 깜빡인다. 상자를 열 것인가 말 것인가. 윤키르가 진짜 무서운 점은 여기에 있다.

육감을 믿을 줄 안다는 것.

"그쪽이 직접 열어 봐."

율키르가 상자에서 손을 뗀다. 그 순간, 넬이 그의 손목을 붙잡는다. 억지로 상자를 열게 하려는 게 아니다. 그저 율키르의 손목을 꽉 붙잡고 아무것도 하지 않는다.

"뭘 할 속셈이지?"

"아무것도."

넬의 망막에 말굽 모양이 떠오른다. 샨과 같이 무언가와 계약을 맺은 부류인가? 그러나 힘은 이쪽이 우세하다. 율키르가 손목을 떼려 한다. 기이했다. 넬은 너무나도 쉽게 손을 놔준다.

'뭐지?'

그 순간, 넬이 발로 바닥을 크게 구른다.

쿵!

0.002초, 즉시라고 해도 좋았다. 상자가 열린다. 상자 안에는 별거 없었다. 그저 폭죽 같은 게 팡, 터졌다. 귀족가에서 생일 파티를 할 때 쓰는 작은 폭죽. 그리고 상자 바닥에는 낡은 동전 한 닢.

'함정?'

살기는 느껴지지 않는다. 그러나 율키르의 심장은 크게 뛴다. 그는 마법을 발동시킨다. 흑마법사 기초 마법, 본

월.

뼈로 만든 벽이 바닥 위로 솟아오른다. 0.4초, 혀를 내두를 만큼 빠른 공수 전환.

벽이 형체를 갖추려는 찰나.

'위험……!'

적은 넬이 아니다. 그렇다면 어디? 바로 머리 위에서 푸른 전격이 화살처럼 스파크를 그리며 날아온다. 코로나 방전(corona discharge)*!

사람 정도는 흔적도 안 남기고 분해해 버리는 강력한 전류가 지붕을 뚫고 쏟아진다. 전류는 정확하게 가방 위, 동전을 후려치고는 마치 살아 있는 것처럼 놈을 향해 날아온다.

'설마 번개의 정령……!'

보호막, 블링크, 흑마력을 사용한 육체 강화!

수없이 많은 생각이 스쳐 지나간다. 그러나 이 거리에서는 모두 무용지물. 이미 본 월을 소환한 게 실수다. 한 번 마법을 발동시키면 완성이 될 때까지 멈출 수가 없다. 그리고 그는 본 월로 자신의 바로 앞을 막으려고 했지 머리 위까지는 생각하지 못했다.

그리고 1초.

넬이 속삭인다.

"죽어라. 개새끼."

콰르르르릉!

15.

전격을 쏘기 5분 전.

단테스는 지붕 위에 도착했다. 알파도가에는 수없이 많은 비밀 통로가 있고, 비밀 통로에 대해 아는 이는 자신밖에 없다. 그는 정령을 사용할 줄 알았고, 오랜 시간 동안 집에 부담가지 않는 선에서 조금씩 통로를 팠다.

그건 알파도 패밀리에 몸을 담그고 손목 아래에 문신을 한 대가였다. 그때까지만 해도 단테스는 그저 막연하게, 돈 때문에 원한을 샀으니 언젠가는 누군가가 돈 때문에 이비엔을 죽이러 올 날이 올지도 모른다고 생각하는 정도였다.

또한 자신이 몸 담근 알파도 패밀리 그 자체를 신용하지 않기 때문이기도 했다.

애초부터 단테스는 그 누구도 믿지 않았다. 이비엔이

있는 거처에서 인질극을 벌인 건 놈의 실수였다.

함정을 깨닫고 넬과 단테스가 내린 결론은 하나였다.

'만약 놈이 이렇게 조용히 단시간 안에 저택을 습격할 수 있는 놈이라면 당연히 아직 학생인 넬과 단테스보다 강할 것이고, 그렇다면 기습으로 승부를 봐야 한다.'는 지극히 당연한 결론 도출이었다. 그러나 호신술에 집중한 넬이 기습을 한들 성공할 리가 없으니 넬이 미끼가 되고, 단테스의 최고 기술로 단 한 번에 끝을 보자는 것.

비가 그를 타고 축축하게 쏟아진다. 아직 미처 눈이 되지 못한 찬 빗줄기는 오히려 기회로 작용했다. 물은 전기가 통하니 번개의 정령을 다루기엔 최적의 날씨다. 빗나갈 리가 없었다.

거기다가 가방 안에 들어 있는 동전은 피뢰침처럼 전격을 유도할 수 있다.

단테스는 최고급 마력 포션을 삼킨다.

실패는 없어야 했다.

넬을 위해서도 자신을 위해서도.

그는 양손을 벌린다. 번개의 정령, 엘사스가 그의 부름에 응답한다.

단테스는 작게 정령어를 내뱉는다. 그의 양손에 스파크

가 피어오른다. 마치 테슬라 코일처럼 양손이 서로 다른 극이 되어 전하를 만든다. 다섯 쌍의 손가락은 코일이 되어 전류를 받아낸다. 스파크가 올라온다. 단테스는 전압을 차차 더 빠르게 올리기 시작한다. 한번 쓰고 나면 몸에 부담이 커서 좀처럼 쓰지 않는 기술이다.

인간을 향해 쏴 보는 것도 이번이 처음이다.

공기가 전도성을 띠며 푸른빛을 만들기 시작한다. 번개의 정령은 단테스의 부름에 응답하며 점점 더 전하를 높여 나간다. 순간적인 스파크는 지속적인 아크로 변한다.

푸른빛이 단테스의 양손을 오간다. 단테스는 고의적으로 비대칭 전극을 만들어 내고, 마침내 플라즈마를 완성한다.

머리카락 한 올만큼이라도 실수가 있어서는 안 된다. 정령에 대한 통제력, 전격 마법에 대한 지식, 그리고 그걸 유지할 정신력. 무엇 하나라도 빠진다면 술자에게 큰 부담이 되어 돌아온다.

단테스의 안경이 푸르스름하게 빛난다.

마침내.

팡!

넬의 신호가 울렸다.

단테스는 초고압 플라즈마를 쏜다. 증폭될 만큼 증폭된 엘사스의 전력이 하늘에서 바닥으로 내리꽂힌다. 그 에너지는 지붕 정도는 가볍게 관통하고, 다락방의 구들장 정도는 증발시킨다.

미리 대비하고 있던 넬은 화이트 타워의 비술을 발동시킨다. 넬의 모습이 순간 이동에 가까울 정도로 빠르게 사라진다. 넬은 샨과 이비엔, 그리고 메이드 제인을 향해 몸을 튕겼다.

콰르릉!

너무 강한 빛 때문에 샨은 한순간 시력을 잃는다. 그러나 넬이 용 한 마리와 세 사람을 모두 안고 도망치기에는 여력이 없다.

"넬, 제인과 이비엔을!"

샨은 카이를 끌어안고 잽싸게 몸을 튕겼다. 율키르가 다리를 부러뜨리지 않은 건 실수다. 샨의 진짜 능력은 팔에서 오는 게 아니다. 샨의 마력은 다리를 통해 전달된다. 카이와 연결되지 않는 이 상황에서도 적어도 일반인을 훨씬 상회하는 보법을 펼칠 수 있으니까. 팔을 움직일 수 없음에도 샨은 절묘하게 균형을 잡아 내달렸다.

플라즈마가 스파크를 내며 폭발한다. 집이 화염에 휩싸

였다. 샨은 2층 다락에 화약이 있다는 사실을 기억한다.

"어서 나가!"

넬은 한 팔에는 제인을, 다른 한 팔에는 이비엔을 끌어안고 뛰쳐나간다. 메이드 제인은 그래도 숨이라도 헐떡이는 게 느껴지지만 이비엔의 몸이 걱정이다. 생각 이상으로 차갑다. 시체라고 생각될 정도로.

넬의 등 뒤로 굉음이 울린다. 일순 화상을 입은 것 같다. 등이 아팠지만 돌아볼 여력이 없다. 단테스는 멈추지 않는다. 전격을 이차 삼차로 쏟아 보낸다. 마지막 마력까지 다 털어버리고 나서야 바닥에 착지했다.

화약이 계속해서 폭발한다. 아무리 율키르가 강자라고 해도 인간의 몸인 이상 그 전격을 맞고 살아남을 수 있을 리가 없다. 거기다가 이 화약까지 처맞고는……!

콰과과광!

나무로 만든 저택이 단숨에 무너져 내린다. 샨은 가쁜 숨을 내쉰다. 카이가 샨의 품에 얼굴을 비빈다.

끝났다. 샨은 탈진할 것 같은 의식을 간신히 붙잡는다. 불은 나무를 살라먹고 탁탁 소리를 내며 타오른다. 이 빗속에서도 좀처럼 꺼질 기미가 보이지 않는다.

샨은 이비엔의 가슴에 귀를 가져다 댄다. 끝났지만 끝

난 게 아니었다. 이비엔의 가슴에서 아무 소리도 들리지 않았다.

'잘 안…… 들려서일 거야. 주변이 시끄러우니까.'

다시 이비엔의 심장에 귀를 가져다 댄다. 호흡도 맥박도 느껴지지 않는다. 이비엔의 몸 안에는 공허만이 자리 잡고 있었다.

'어, 어라……?'

샤의 눈꺼풀 사이로 비인지 눈물일지 모를 물방울이 툭 떨어진다. 물방울은 이비엔의 옷자락에 스며들었다.

'잘 안 들려서 그런 거야. 아직 늦지 않았어. 늦지 않았으니까……!'

소녀의 몸속에는 깊은 죽음이 담겨 있었다. 삶이 달려가고 외치고, 메아리친 후, 그 후의 정적. 기차가 지나가고 난 후의 텅 빈 역 안. 새카만 고요가 소녀의 가슴속에서 둥지를 틀고 있다.

'죽은 게 아니야. 너무 늦은 게 아닐 거야. 그러니까…….'

샤이 속삭인다.

"이비엔……."

대답이 들리지 않는다. 샤이 다시 되묻는다.

"이비엔……?"

단테스도 뭔가 이상을 느꼈는지 이쪽을 바라본다. 단테스의 푸른 눈동자 속에서 샨은 절망을 느낀다.

"아니야. 단테스…… 아니야! 이비엔은 아직 괜찮아. 늦은 게 아니야. 이비엔, 이비엔!"

샨의 목소리에는 물기가 묻어 있었다. 동시라고 해도 좋았다. 이비엔의 손이 꿈틀거리며 샨을 붙잡았다.

"아, 이…… 이비엔?"

이비엔의 눈꺼풀이 열린다. 어쩐지 눈동자에는 생기라고는 보이지 않았다. 흡사 텅 빈 유리구슬을 보는 것 같다. 이비엔이 웃었다. 기이하게도 이비엔이 뱉은 건 낯선 사내의 목소리였다.

『재미있어. 정말로 재미있어.』

흑마력이 그녀의 몸속에서 완전히 타오른다. 단테스가 이비엔을 붙잡는다. 그러나 땅 속에서 손이 뻗어 나온다. 언데드들의 손이 단테스의 팔을 붙잡는다. 단테스가 손을 뿌리쳤다.

지축이 울린다. 이비엔은 비틀거리며 몸을 일으킨다. 흡사 마리오네트 인형 같다. 손발이 눈에 보이지 않는 어떤 줄에 연결되어 있는 것만 같았다.

탁, 탁—

불길이 집을 태우며 스산한 소리를 냈다.

새카만 그림자가 현관 밖으로 나온다. 그림자는 점점 더 커지고 짙어지더니 마침내 밖으로 걸어 나온다.

검보라색 긴 머리칼의 남자가 걸어 나오고 있었다. 남자의 셔츠는 방금의 공격으로 이미 다 타 버렸다. 겨우 처음에 몸에 걸쳤던 로브 한 장만이 남자의 몸을 감싸고 있었는데, 마법이 걸려 있는 물건 같았다. 로브가 펄럭이며 남자의 창백한 나신을 보여 준다.

끔찍한 몸이었다. 몸 구석구석 바느질 선이 나 있었다. 살이라기보다는 헝겊 인형이라는 표현이 적합할 정도였다. 샨은 그게 흉터가 아니라 수술 자국투성이라는 걸 깨닫는다.

'자신의 몸을 개조한 거야? 직접?'

남자가 걸으며 중얼거렸다.

"내 힘의 근본은 대지에서 나오지. 전격을 땅에 흘리지 않았다면 내 목숨도 위험했겠어. 단테스 알파도."

남자는 벌거벗은 채로 발을 구른다. 남자의 입술은 주문이 거의 들리지 않을 정도로 빠르게 움직였다.

퀵 캐스팅, 고속 영창.

블루 타워에서 자주 쓰는 특기다.

그걸 어째서 흑마법사인 저자가 알고 있는 건가.

"나와라. 데드 웨이브."

남자가 주머니에서 무슨 가루를 바닥에 확 뿌리자 지진이 울린다. 땅의 권능에 따라 수백 마리의 해골 병사들이 지면을 뚫고 튀어나오기 시작했다.

절망.

샨은 드디어 죽음을 느꼈다. 최선을 다해도 되지 않는 게 있다는 사실을 깨닫는다. 그러나 그렇다고 그게 포기할 이유는 되지 않았다. 샨은 생명력을 마력으로 치환한다. 수명이 몇 년 줄어도 상관없다. 달의 마력은 샨의 편이니까. 샨이 손을 뻗는다.

샨이 한 일은 인형이 돼 버린 이비엔을 자신의 쪽으로 잡아당기는 것이었다. 부러진 팔을 마력으로 억지로 사용했다. 샨은 고통으로 비명을 지른다. 그러나 그녀를 놓지 않았다.

여기서 만약 놓쳤다가는 평생 두 번 다시 볼 수 없을 것 같았기 때문이다.

언데드들이 이쪽을 향해 달려온다. 단테스는 불의 정령을 부르려다 이제는 마력이 없다는 걸 깨닫는다. 물의 하급 정령을 겨우 하나 소환하고는 허리춤 홀더에서 피스톨을 뽑아든다.

넬은 침음을 삼키며 마법을 떠올린다.

그때였다.

율키르 뒤에서 시뻘건 채찍이 그를 관통한다. 율키르의 로브가 벗겨진다.

그가 뒤를 돌아본다. 채찍은 연속해서 그를 공격한다. 율키르는 팔을 들어 티스의 채찍을 붙잡아 자기 쪽으로 잡아당긴다. 티스는 채찍을 회수하더니 이번에는 수십 개의 암기를 날린다.

샨은 떨어진 로브를 향해 구르다시피 달려간다. 샨은 로브 주머니를 이빨로 찢어 버린다. 주머니 사이로 샨의 반지가 굴러 떨어진다. 양팔을 잃은 이 상황에서 반지를 낄 여력은 없었다. 샨은 혀를 꺼내 반지를 입 안으로 삼켰다.

어차피 몸에 닿기만 하면 될 일이었다.

샨의 입 안으로 카이의 마력이 쏟아진다. 샨은 그것을 힘겹게 꿀꺽 삼켰다. 샨의 손목을 묶고 있던 밧줄이 끊어진다.

"카이, 폴리모프 셀프."

카이의 몸이 원래의 거대한 모습으로 변한다. 거대해진 카이의 앞발을 향해 티스의 채찍이 날아온다. 타격을 위한 공격이 아니었다. 카이는 순순히 앞발을 내준다. 채찍은 카이의 앞발을 감더니 스프링처럼 강하게 당겨 온다. 마치 문어발처럼 티스의 몸이 순식간에 샨의 앞으로 날아온다.

티스가 소리 질렀다.

"샨, 카이에게 에어 브레스를!"

진공 브레스, 보통 수룡이 사용하는 브레스다. 강한 음파로 물을 움직인다. 지상에서 사용하면 마법 공격을 상쇄시키는 힘이 있다. 그렇다고 해도 어디까지나 마법 공격을 상대하기 위한 것이지 살상용도 아닐뿐더러 이미 소환된 언데드에게는 효과가 없다. 티스가 소리 지른다.

"하늘을 향해! 어서!"

망설일 시간이 없었다. 샨이 카이를 향해 외쳤다.

"카이, 에어 브레스!"

카이가 목을 쭉 빼고는 피막을 힘껏 젓힌다.

쿠와아아아앙!

초고속 진공파가 하늘을 덮는다. 그때, 얼음 화살이 카이의 브레스에 부딪쳐 산산조각 난다.

'얼음 화살?'

상황을 깨닫기도 전에 하늘에서 수백 발의 얼음 화살이 쏟아지기 시작했다. 화살 하나하나에 신성력이 담겨 있는지 부서질 때마다 영롱한 별빛을 만들어 낸다. 언데드들이 스치기만 해도 산산이 분해되기 시작했다.

'육체가 흑마력에 지배된 이비엔에게는 치명적이야.'

샨은 이비엔을 끌어안으며 카이에게 계속해서 명령했다.

"카이, 에어 브레스를 유지해!"

얼음 화살이 비처럼 쏟아진다. 한 발, 한 발이 4서클 마법사의 아이스 에로우의 위력을 담고 있다. 이 세상에서 이런 기술을 수백 발이나 쏠 수 있는 이는 한 명밖에 없다.

"에녹 교수님!"

마침내 얼음 화살이 마지막 언데드의 머리통을 터뜨린다. 언데드가 비명을 지르며 녹는다. 에녹 교수의 샌들이 언데드의 몸을 밟고는 사뿐하게 내려앉는다.

교수님의 머리칼이 바닥에 닿아 출렁거린다. 그가 율키르의 앞을 막아선다.

"몹시 귀찮게 하는 학생이군. 샨 알테리온."

교수님이 손짓하자 빗방울이 중력을 거스르기 시작했다. 마치 시간을 되감는 것처럼 물방울 하나하나가 바닥에서 허공으로 솟아오른다.

"샨, 대체 널 어떻게 벌줘야 할까."

빗줄기들이 모여 마침내 거대한 바닷물이 되었다. 교수님이 심드렁한 목소리로 말했다.

"하이드로 워터."

약속이라도 한 듯 그 자리에 있던 모든 학생들이 동시에 귀를 막았다. 물은 굉음을 내며 적을 분쇄했다.

쿠르르르르르릉—!

16.

이비엔은 꿈을 꾸었다. 아주 오래전, 그녀가 빛을 잃기 전에 꾸었던 꿈.

오빠와 자작나무 숲을 거닐었을 때의 꿈이었다. 한겨울, 빨개진 손 위로 눈꽃이 피어났다. 당시 아버지는 술을 마시며 두 남매를 학대하곤 했다.

오빠는 그때마다 이비엔을 감싸고 대신 두드려 맞곤 했

다. 오빠는 단 한 번도 자신을 떠난 적이 없었다. 어머니는 도망갔고, 아버지는 자신을 버린 어머니를 증오했다. 이비엔은 성장함에 따라 점점 더 모친을 닮아갔다. 그렇기에 아버지는 자신을 증오했다.

그날은 아버지가 술병으로 이비엔을 힘껏 후려치던 날이었다. 오빠는 자신을 지키느라 술병 조각을 몸으로 맞아야 했다. 무슨 정신이었는지 기억이 나질 않는다.

눈앞이 빨갰다. 유리 조각이 눈처럼 쏟아졌다. 눈 안에 뭐가 들어갔는지 피가 흐르고 있었다. 오빠는 그런 자신을 바라보았다. 오빠의 어깨에서도 피가 나고 있었지만 오빠는 하나도 아프지 않아 보였다.

눈에서 계속 피가 나는데, 비벼도 비벼도 조각이 빠지질 않았다. 치료사를 부르고 싶었지만 비쌌다. 두 사람이 낼 수 있는 돈이 아니었다. 그날 밤, 아버지는 다시 술에 취해 이비엔을 때렸다. 옷이 찢어졌는데, 저항하기도 전에 아버지는 그녀의 목을 졸랐다. 숨을 쉴 수가 없었다. 유리 조각이 들어간 한쪽 눈은 다시 피를 쏟아냈다. 아프다, 너무 아파. 유리 조각이 빠지질 않아.

눈이 아픈 것보다, 아빠가 목을 조른다는 것보다, 내일도 이 일이 반복되리라는 게 더욱 아팠다. 고통은 커져만 갔다. 너무 아팠다. 목에 피가 몰려왔다. 기침이 계속 났지만 아버지는 손을 놓지 않았다. 현기증이 밀려온다. 손에서 힘이 점점 빠지기 시작했다.

저항을 멈추면 죽는 걸 알고 있지만, 어린아이가 낼 수 있는 힘이란 한계가 있다.

잠시 기절했던 것 같다.

눈을 떴을 때 아버지가 자신의 몸 위에 누워 있었다. 처음에는 자고 있나 했는데 손에 피가 진득하게 배어났다. 아버지의 뒷목에는 그렇게 아버지가 좋아하던 술병이 박혀 있었다.

오빠는 무표정한 얼굴로 자신의 아버지를 내려다보고 있었다. 이윽고 오빠는 천천히 탁자로 걸어가더니 아버지가 남긴 담배를 입에 물었다.

탁,

성냥에 불이 붙는 소리가 스산했다. 오빠는 처음 담배를 피는 사람답지 않게 깊게 연기를 마셨다.

그게 오빠, 단테스의 첫 흡연이자 첫 살인이었다.

오빠는 삽으로 대충 아버지를 땅 속에 파묻어 버린 후에 그녀의 손을 붙잡고 무작정 밖으로 나갔다.

눈이 그친 이튿날.

자작나무 숲에는 햇볕이 쏟아졌다. 한쪽 눈은 뜰 수가 없을 만큼 아파졌지만 어쩐지 어제보다는 덜 아픈 것 같았다.

"오빠."

"응."

오빠는 짤막하게 대답했다.

"우리 어디 가는 거야?"

"그 자식이 없는 곳."

그 자식이란 아빠를 뜻하는 것이리라. 이비엔이 다시 물었다.

"아빠는 이제 없어졌잖아."

"……."

오빠는 대답하지 않았다. 아빠가 없는 곳이 어딘지는 이비엔 자신도 잘 모르겠지만, 뭔가 깊은 뜻이 있는 것 같았다.

"오빠."

"응."

"우리 이제 잘 수 있는 거지."

"지금은 안 돼."

사박사박. 발소리가 눈 위로 그림을 그린다.

짐승 한 마리 보이지 않는 자작나무 숲 어딘가, 멈춘 시간 속을 둘은 걸어갔다.

"오빠."

"응."

"사랑해."

"응. 나도."

그때는 눈송이 하나하나가 보일 정도로 눈이 좋았다. 시리도록 하얀 눈밭 위로 햇빛이 쏟아졌다. 이비엔은 오빠를 따라 계속해서 걸어갔다.

"나는 크면 오빠랑 결혼할 거야."

단테스가 대답했다.

"그건 안 돼."

"왜?"

"크면 알게 될 거야."

오빠의 목소리에는 웃음기가 배어났다. 다행이다. 이비엔은 생각했다. 오빠가 기쁘면 자신도 기쁘니까. 이비엔이 말했다.

"앞으로 영원히 함께야?"

"아니, 너 시집갈 때까지만."

"오빠랑 결혼할 거라니까?"

오빠가 다시 웃는다. 눈송이가 손등에 내려앉는다. 이비엔이 위를 올려다보았다.

"어, 눈이다."

이비엔은 내심 기뻤지만 오빠는 곤란한 모양이다. 오빠는 이비엔의 손을 잡아끌고는 걸음을 서둘렀다. 이비엔은 손을 뻗어 떨어지는 눈송이를 붙잡는다. 눈꽃이 시린 빛을 반사했다. 감탄도 잠시, 손에 닿는 순간 바로 물이 되어 녹아내렸다.

이비엔은 그게 안타까워 오빠에게 끌려가는 내내 계속해서 눈송이를 향해 손을 뻗었다. 그러나 눈송이는 계속해서 녹아내리고, 또 녹아내렸다.

마침내 차가워진 손에 눈꽃이 피기 시작했다.

손 위로 쌓이기 시작하는 눈꽃에 이비엔은 기뻐졌다.

"오빠, 오빠?"

뒤를 돌아보니 단테스가 없었다. 시간이 멈춘 자작나무 숲.

그녀 홀로 서 있다.

이비엔은 양팔을 끌어안는다. 몸이 이제 더 이상 뜨겁지 않았다. 마치 시체처럼 차가웠다. 그녀는 슬프게 웃었다.

"아, 그래…… 나…… 죽었었지?"

눈을 녹일 수 있는 건 오로지 산 사람의 체온뿐. 차가워진 그녀의 위로 눈이 다시 쏟아진다. 이비엔은 더 이상 눈송이를 붙잡지 않는다. 눈이 스스로 그녀 위로 쌓여 갈 뿐이다. 눈을 녹일 수 없는 몸은 삶 대신 절망을 품었다.

17.

빗줄기가 절망을 때리며 흩어진다. 공기가 유달리 차갑고 쓰게 느껴졌는데, 입 안에서 배어 나오는 피 때문이리라.

샨은 찬비를 뒤집어쓰고는 아카데미 안을 달렸다.

그때 분명 이비엔의 심장은 멈췄다. 교수님의 하이드로워터가 발동했었다. 물이 쓰나미처럼 모든 것을 휩쓸었다. 인간의 어떤 저항도 대자연 앞에서는 무의미했다. 불타던 이비엔의 저택이 뿌리만 남기고 사라졌다.

그 공격을 받았는데 분명히 죽었어야 옳다. 죽지는 않았어도 중상은 입어야 맞다. 그러나 물살이 사납게 밀려들어오는 그 찰나, 샨은 율키르의 발아래에서 화염의 문이 열리는 걸 보았다. 새빨간 악마의 손이 그를 잡아당긴다. 율키르가 샨을 향해 입술을 벌렸다.

'우리 예쁜이, 또 놀자.'

화염의 문이 닫힌다. 그의 모습이 완전히 자취를 감춘다. 교수님이 작게 혀를 찼다.

'헬 게이트군. 악마 계약자야. 마계의 문을 통해 공간 이동이 가능한 모양이야.'

샨이 물었다.

'금지된 비술이잖아요.'

'그래. 악마와 계약하는 것도 여러 가지 종류가 있지만, 직접적으로 마계의 문을 열어 중간계를 오갈 수 있다는 건 꽤 엄청난 대가를 필요로 할 거다. 다른 사람 목숨 몇 바치는 걸로는 안 돼. 아마 자신의 영혼까지 팔았겠지. 죽고 나면 저놈의 영혼은 계약한 악마의 것이 될 거다.'

'그렇다는 건…….'

'죽고 나면 좋은 곳으로 가지 못해. 영원히 마계에서 악마의 종으로서 갖은 고문을 다 겪어야 할 거다.'

맨 정신으로 할 짓이 아니다. 라온 교수님도 악마를 부리는 악마술사지만, 자신의 영혼을 저당 잡히는 짓은 하지 않는다.

사실 영혼을 수집하는 악마는 극소수다. 자신의 영혼은 자신의 것이다. 타인의 영혼을 가져 봤자 아무짝에도 쓸모가 없기 때문이다. 먹을 수도 없고, 먹는다고 해서 마력이 강해지는 것도 아니다.

그렇기에 순수하게 고문을 목적으로, 구태여 영혼을 모아 자신의 종으로 쓰려는 악마는 극소수다. 그 극소수의 악마들도 아무 영혼이나 계약하지 않는다. 그저 나중에 가지고 놀 만한 장난감을 필요로 할 뿐이다.

따라서 특별하게 순수하거나 특출나게 재능이 있거나, 뭔가 색다른 계기로 악마의 흥미를 끌 법한 영혼이 아니면 안 된다. 그러나 그 정도 레벨의 영혼이 굳이 악마에게 영혼을 팔 이유가 없다. 영혼을 팔지 않아도 스스로 자신이 원하는 바를 이룰 수 있을 테니까.

무슨 사정이 있든 샨은 그 자식을 동정하지 않기로 했다.

그놈 때문에 이비엔이 죽게 생겼으니까.

교수님은 이비엔의 맥박을 짚어 보더니 급히 아카데미로 이동했다.

워터 게이트를 이용한 순간 이동 마법을 쓸 수도 있었

지만, 이비엔 안에 있는 흑마력이 무슨 영향을 끼칠지 알 수 없었다.

교수님은 샨의 양팔과 카이의 날개를 응급 치료한 후, 이비엔을 안고 아카데미 치료실로 날아갔다. 샨은 뛰어가기로 했다. 지체할 시간이 없었다. 카이는 두 사람이 한계다. 세 명이나 타게 되면 비행 속도가 느려지니까.

단테스는 지하에 묶여 있었던 몇몇 알파도 패밀리들을 풀어 주고는 레이디 제인의 간호를 맡겼다. 그러고는 서둘러 몸을 돌려 아카데미까지 뛰었다.

아카데미까지 달리는 내내 단테스는 한 마디도 하지 않았다.

샨도, 넬도. 심지어 언제나 유쾌한 티스마저도 말을 꺼낼 수 없었다. 묵직한 침묵만이 비가 되어 네 사람을 때렸다.

비를 털어 낼 생각도 하지 않고 네 사람은 양호실 문을 벌컥 열었다.

의료 커튼 사이로 에녹 교수님의 목소리가 들렸다.

"왔군."

커튼을 젖히니 에녹 교수님과 이비엔이 보였다. 치료실에 있던 모든 침대들은 구석으로 밀려나 있었다. 바닥 위

허공에 이비엔이 떠 있었는데, 샨은 양호실 바닥에 마법진이 있었다는 사실을 처음 깨달았다.

아마 응급 환자를 치료하는 목적으로 만든 마법진 같았다.

마법진은 촛불처럼 깜빡이며 푸른빛으로 빛났다.

샨이 물었다.

"이비엔은! 괜찮은가요?"

에녹 교수님이 차갑게 대답했다.

"이 아이가 괜찮은 적 있나?"

"적어도 오늘 당장 죽는 건 아니죠?"

"……."

교수님이 대답이 없다. 단테스가 한 걸음 앞으로 걸어간다. 숨을 몰아쉬고 또 몰아쉰다. 한참을 반복하다가 한숨처럼 질문이 터져 나왔다.

"……그래서 얼마나 남았습니까?"

"내일. 기껏해야 한 달 살 목숨이었다. 당장 흑마력은 뽑아냈지만, 체력이 많이 상했어."

단테스는 등을 벽에 기댄다. 담배를 입에 물고 불을 붙인다. 평소라면 경을 칠 일이었다. 그러나 에녹 교수는 그를 나무라지 않았다. 나무란다고 해서 들을 정신도 아니었고.

에녹 교수는 단테스를 등진 상태로 말을 이었다.

"환자한테 눈물은 해롭다. 나가."

샤은 뒤를 돌아보려 했다. 그러나 넬이 샤의 어깨를 붙잡았다. 샤은 더 이상 뒤를 돌 수가 없었다. 단테스가 무너지는 것을 볼 정신이 없었다.

비는 쏟아지고 또 쏟아졌다. 샤은 생각한다. 자신이 무언가 잘못한 게 아닌가 하고.

티스에게 메시지를 전할 때 에녹 교수를 불러 달라고 요청했다. 그때 뭔가 더 빨리 불러 달라고 했어야 했을까? 아니다. 분명 티스는 최대한 빨리 왔을 거다. 그렇다면 무언가 좀 더 현명한 선택은 없었을까?

심장이 멎을 것 같았다. 샤은 생각하고 또 생각한다. 그러나 그 마음은 단테스도 같았다.

단테스가 입을 열었다.

"악마는 무엇이든 들어줍니까?"

"네 영혼에는 가치가 없다. 단테스, 우리 중에 영혼을 가져갈 가치가 있는 건 나와 샤뿐이야. 티스 저 녀석은 흥미를 갖기에는 혼이 너무 더럽혀졌고."

"……."

단테스의 손 끝, 담배 연기가 방 안을 훑는다. 오늘따라 유달리 연기가 썼다. 단테스가 되물었다.

"방법이 없습니까. 교수님?"

"그동안 고생했다, 단테스. 출발하기 전에 네가 건넸던 그 치료 마법서는 이비엔의 병과 맞지는 않지만, 그래도 앞으로 많은 환자를 구할 수 있을 거다."

샨 뒤에서 묵직한 소리가 울린다. 단테스의 주먹이 벽을 후려치는 소리였다.

쿵!

단테스는 계속해서 주먹으로 벽을 쳤다.

쿵, 쿵!

에녹 교수님은 눈을 감았다.

"수고했다. 단테스. 너는 일생 동안 최선을 다했어."

쿵, 쿵, 쿠웅!

피 냄새가 났다. 그렇게 벽을 쳤는데 주먹이 말짱할 리가 없었다. 샨은 두 손으로 입을 가렸다. 이비엔이 죽는다. 그럼에도 자신들은 무력했다. 이윽고 에녹 교수님이 입술을 뗐다.

"그렇게 포기하지 못하겠나? 동생을."

"그걸 왜 물으십니까. 교수님."

"……만약, 목숨을 연명할 수는 있어도 네 동생이 원하지 않는 삶을 살게 될지도 모른다면 그렇게 하겠나?"

"악마는 아무 영혼이나 가져가지 않는다고 하지 않으셨습니까."

에녹 교수님의 미간이 좁혀진다.

"그래. 악마보다 지독한 것이 하나 있긴 하지. 되리라는 보장도 없고, 된다고 해도 어쩌면 사는 것보다 못한 삶을 살아갈 수도 있고."

"대가를 제가 대신 치러도 되겠습니까?"

교수님이 고개를 저었다.

"불가능하다. 자신의 목숨값은 자신이 치러야 해. 다른 이가 대신할 수는 없어."

에녹 교수님은 잠시 말을 끊고 조용히 뭔가 생각하는 눈치였다. 이윽고 에녹 교수가 입을 열었다.

"아니다. 방금 한 이야기는 실언이다. 또 다른 계약자에 대한 이야기는 잊어다오."

단테스가 대답하지 않는다. 샨은 돌아볼 수 없었다. 지금의 단테스의 표정을 마주볼 자신이 없었다. 언제나 자신만의 걸음걸이로 걷는 남자였다. 화를 내는 걸 거의 본 적도 없었고, 감정에 헝클어지는 모습 역시 본 적이 없었다.

샨은 그의 숨결을 느낀다. 그러나 돌아보지 않았다. 샨의 어깨를 쥔 넬의 손이 워낙 단단했기 때문이다.

에녹 교수님이 말했다.

"밤이 늦었다 모두 나가도록. 내일 오후 2시부터 문을 열어 두겠다. 면회는 그때부터 가능하다."

축객령이다. 단테스는 이를 빠득 갈았다.

18.

에녹 교수님은 같이 나가려던 샨을 붙잡았다.

"샨, 넌 남아 있어라."

"네?"

"골절, 타박, 내출혈에 찬비를 계속 맞았다. 내 힘으로 회복력을 끌어올렸다고 해도 그것뿐이다."

에녹 교수님이 하는 치료는 주로 몸 안에 있는 회복력을 가속시키는 방향으로 이루어진다. 외상 치료에는 탁월하지만 그 대가로 몸에 피로가 누적된다.

"내일부터 지독한 독감에 걸릴 예정이니 각오해라."

아아, 역시 그건가. 샨은 작게 한숨을 쉬었다. 에녹 교수님은 양호실 구석 쌓아 놓았던 침대 하나를 끌고 대충 이비엔 옆에 놓았다.

샨이 물었다.

"감기 옮기는 거 아니에요?"

"옮길 시간도 없을 거다. 어차피 내일이면 죽을 아이니까."

에녹 교수님의 목소리에는 감정이 절제되어 있었다. 감정 자체를 못 느낀다기보다는 최대한 절제하기 위한, 의사 특유의 목소리에 가까웠다.

'어쩌면 마지막 길, 함께 있어 주라고 한 걸 수도 있고.'

그 역할을 지금의 단테스에게 시키는 건 너무 잔인한 짓이다. 죽어 가는 동생을 밤새 내내 보고만 있으라고 시키면 미쳐 버릴지도 모른다. 샨은 대충 환자복으로 갈아입었다.

교수님은 약 몇 알과 물 한 잔을 건넸다.

"먹고 나면 많이 졸릴 거다."

그냥 순수하게 환자라서 치료 목적으로 있으라고 한 걸지도. 샨은 약을 삼켰다. 과연 얼마 지나지 않아 졸려 오기 시작했다. 눈꺼풀이 무겁다. 샨은 이불 속에 몸을 파묻었다.

19.

이상한 꿈을 꾸었다. 꿈속에 어린 이비엔이 눈을 맞고 서 있었다. 자작나무 숲에서 그녀는 양팔로 스스로를 껴안고 있었다.

샨이 물었다.

"춥지 않아?"

그녀는 대답하지 않았다. 마치 샨이라는 존재가 처음부터 없었던 것처럼, 샨이 아예 보이지도 않는 것처럼 서 있었다. 샨은 몇 번 그녀에게 말을 걸다가 결국 포기하고 그녀 곁에 앉아 있었다.

눈이 손에 닿을 때마다 녹아내렸다. 꿈이라서 그런지 그렇게 춥지는 않았지만 눈이 녹는 특유의 감촉이 기분 나빴다. 샨이 입고 있던 환자복도 척척하게 젖어서 몸에 달라붙었다. 그러나 그녀의 몸 위에는 눈이 녹지도 않고 예쁘게 쌓여만 갔다. 어쩐지 부러워졌다.

그녀는 계속해서 앞으로 걸어갔다. 끝없는 자작나무 숲을 계속해서 걸어 나갔다. 끝이 어디인지, 앞에 뭐가 남았는지도 모르면서 그녀는 계속, 계속…….

그때 문득 바스락거리는 소리가 울렸다. 소리라고는 거세된 이 숲에서 처음으로 인기척이 울렸다. 그녀가 뒤를 돌아본다.

"누구?"

새의 날갯짓 소리가 들렸다. 그녀는 소리가 난 방향을 찾더니 이제는 뛰기 시작했다. 영원히 이어질 것 같던 풍경이 다른 모습으로 변한다. 숲의 끝, 살얼음이 끼어 있는 연못이 보였다. 새 한 마리가 푸드덕 날아올랐다.

눈이 그친다. 빛이 가루가 되어 흩어졌다. 이윽고 소녀가 걸어간다. 살얼음 아래를 내려다보았다. 얼음에 비친 건 놀랍게도 은발 긴 머리칼의 미청년이었다.

샨이 저도 모르게 말을 내뱉었다.

"엘……."

왜 그가 여기 있는 걸까. 엘이 소녀를 올려다본다. 이비엔은 오랜만에 보는 인간이 너무 반가웠는지 살얼음을 꾸득꾸드득 밟으며 걸어간다. 이비엔이 걸을 때마다 구둣발 아래로 균열이 이어진다.

이비엔이 엘을 향해 물었다.

"당신은 누구시죠?"

엘은 그녀를 내려다본다. 두 사람은 거울의 반사면 같다. 이윽고 그가 입술을 벌린다.

[재미있는 꿈을 가진 아이구나.]

"꿈? 여기 천국이나 지옥 같은 데가 아닌가요?"

그녀의 말에 엘이 작게 웃는다. 엘이 손을 뻗었다. 그의 손가락이 얼음에 눌려 마치 유리잔 뒷면을 보는 것 같았다.

[살려 줄까?]

"네?"

[아이야, 네 꿈이 꽤나 마음이 들었단다. 네 꿈을 내게 주렴. 그렇게 한다면 살려 줄 수도 있단다.]

꿈을 타인에게 줄 수 있나? 어쩌면 그게 에녹 교수님이 말했던 그 '계약' 인가? 샨은 침을 삼킨다. 이비엔은 고개를 갸웃거리더니 그에게 되물었다.

"당신은 악마인가요? 그러니까…… 음…… 제 영혼이 필요해요?"

[아니야. 꼬마야. 악마도 다른 이의 영혼은 필요치 않아. 먹을 수도 없고, 갖고 있어 봤자 의미도 없단다. 자신

의 영혼은 자신의 것이지. 만약 타인의 영혼을 수집하는 악마가 있다면 그건 아마 둘도 없는 괴짜일 거야.]

“무슨 소리인지 모르겠어요.”

균열이 점점 더 커져 간다. 금방이라도 살얼음이 부서질 것만 같았다. 그러나 이비엔은 도망치지 않는다. 사람에 굶주렸던 걸까. 그녀는 위험하다는 사고 자체가 아예 마비된 것처럼 보인다.

얼음의 뒷면, 균열 사이로 엘이 손을 뻗었다. 살얼음 위로 새하얗게 돋아난 손이 괴기스럽다.

[꿈을 잃는다는 건 꽤 잔인한 대가란다. 하지만, 네가 살고자 한다면, 정말로 네 오빠 곁에 있고 싶어 한다면 나쁘지 않은 계약이 되겠지.]

그녀는 망설였다.

샨은 어쩐지 그녀를 말리고 싶었다. 그러나 샨의 목소리는 그녀에게 닿지 않는다. 이윽고 결심했는지 그녀가 아래로 손을 뻗어 엘의 손을 맞잡는다. 그 순간, 얼음이 완전히 부서진다.

그녀의 몸이 연못 아래로 빠져든다. 샨이 비명을 질렀다.

그러나 꿈은 거기까지.

20.

눈물이 관자놀이를 타고 귓속으로 파고들어 갔다. 소리가 먹먹하게 들렸다. 눈꺼풀을 열었을 때 가장 먼저 보인 건, 엘의 희미한 잔상이었다. 엘은 이비엔의 옆에 있었다. 여전히 땅에는 발을 붙이지 않고 조금 더 떠 있었다.

"이것도 꿈인가요?"

엘이 대답했다.

[어쩌면.]

"하지만 방금 꿈을 꾸었는데, 이건 현실 아닌가요?"

[그럴지도 모르지.]

엘은 손을 뻗어 이비엔의 뺨을 쓸었다. 샨이 물었다.

"꿈을 가져가실 거예요? 목숨을 대가로."

[그녀가 원한다면.]

엘은 마치 연인을 쓰다듬는 것처럼 그녀의 뺨을 손등으로 쓰다듬었다. 엘이 입을 열었다.

[이제 그녀는 이 섬을 떠날 수 없다. 또한 성인이 될 때까지 계속 잠들어야 한다. 그녀가 열여덟 살 생일을 맞았

을 때 눈을 뜰 거다. 그리고 그때가 되면……]

엘은 그녀의 이마에 키스했다.

[내 것이 되겠지.]

"꿈을 가져간다는 게 무슨 뜻입니까?"

[곧 알게 될 거다. 샨 알테리온, 이제 그녀는 내 권속이며 내 보호하에 있다. 그의 오라비에게는 그리 전하면 될 거다.]

엘은 샨의 머리를 쓰다듬는다.

[착한 아이. 어서 자거라.]

샨은 졸음이 쏟아졌다. 엘은 샨의 약지 손가락을 붙잡는다. 그러자 샨이 삼켰던 드래곤의 반지가 돌아와 있었다. 기이하게도 반지의 색이 전보다 더 어두운 빛을 띠었다. 어째서일까.

물어보고 싶었지만 샨은 너무 졸려서 말할 기력이 없었다. 그저 할 수 있는 최대의 말을 하는 것뿐이었다.

"부디 이비엔이 행복한 꿈을 꾸게…… 그리고 가끔이라도 단테스를 만날 수 있도록……."

[생각해 보도록 하지.]

샨은 그 말을 끝으로 까무룩 잠이 들었다.

21.

눈을 떴을 때, 이비엔은 여전히 자고 있었다. 혈색도 돌아왔고 숨결도 편안했지만 흔들어 깨워도 일어나지 않았다. 샨은 에녹 교수님께 꿈에서 보았던 것을 말해드렸다. 교수님은 잠시 생각에 잠기다가 입을 열었다.

"선택한 건가. 엘에 대한 이야기는 단테스에게 하지 말도록. 내가 전하겠다."

교수님은 단테스를 불러 이야기를 했다.

'다행히 고비는 넘겼다. 그러나 의식을 찾으려면 오래 걸릴 거다. 적어도 성인이 될 무렵은 되어야 의식이 돌아올 거다.' 라고.

상대는 에녹 교수님이다. 거짓말을 할 이유도 없을뿐더러 그저 동생이 죽지 않는다는 사실에 단테스는 안도했다.

'지난밤에 이상한 꿈을 꾸었는데 그게 그거였나 보네요.' 라고 대답했다. 무슨 꿈인지는 끝까지 말해 주지 않았다. 이비엔은 에녹 교수님이 직접 맡기로 했다. 이제 단테스의 저택은 안전하지 않다. 그러나 이곳 아카데미

만큼은 안전했다. 에녹 교수님은 방학에도 이곳을 떠나는 법이 없었고 이비엔의 몸에 무슨 변화가 오든지 에녹 교수님이 곁에 있으면 안전할 테니까.

단테스는 이를 악문다. 그러고는 최대한 감정을 억누르며 말했다.

"그래도 다행이군요. 평생 못 보는 것보다는 나으니까요."

"보고 싶으면 언제든지 와도 좋다. 단, 면회 시간은 준수해라."

에녹 교수님다운 대답이다.

메이드 제인은 직접 이비엔을 간병하기로 했다. 목숨을 걸고 이비엔을 지켰던 분이다. 단테스는 믿을 만하다고 판단했는지 고개를 끄덕였다.

이비엔은 그렇게 잠자는 숲 속의 공주님이 되었다. 샨은 그런 이비엔의 뺨을 만진다. 따뜻했다.

"이비엔, 꿈을 준다는 게 무슨 뜻이야?"

그녀는 대답하지 않는다. 성인이 되면 정말로 언젠가 다시 만날 날이 올까?

샨이 속삭인다.

"내가 좀 더 강했다면 달라졌을까?"

꿈꾸는 소녀는 대답하지 않는다. 샨은 그녀의 이마에 입술을 맞춘다.

강해지고 싶다고 샨은 간절히 바랐다. 더 이상 이렇게 소중한 이를 잃을 수는 없었다. 샨이 그녀를 내려다보았다.

"나 강해질게. 약속해. 다음에 볼 때는 이 검에 어울리는 사람이 될게."

창밖에는 올해 첫눈이 내리기 시작했다. 쌓이지 못하고 녹아내리는 눈은 어쩐지 꿈에서 본 그 풍경 같았다.

22.

이비엔은 더 이상 일어나지 않는다. 단테스는 이비엔의 뺨을 그렇게 한참이나 쓸었다. 그녀는 영원한 자신만의 공주님이었다. 여신이었고, 수호천사이기도 했다. 단테스는 평생을 이비엔의 광신도로 살아왔다. 무슨 악을 행하든 그녀가 용서해 줄 수 있으면 그걸로 족했다.

그 후에 어떤 지옥에 떨어질지라도 그녀가 용서해 준다면, 그녀가 행복할 수 있다면 그건 더 이상 지옥이 아니었다. 처음 이비엔을 강간해 죽이려던 아비의 목을 찍었을 때 단테스의 세상은 그렇게 부서졌다. 가끔 그런 경우가 있다. 살기 위해서는 악인이 되어야 하는 그런 삶이 아주 가끔 있다. 이비엔은 정신을 잃었고, 아비는 바닥에서 꿈틀거렸다.

아버지는 말했다.

살려 달라고. 내가 잠시 악령이라도 들린 것 같다고, 정말 미안하다고. 그러니 제발 도와줄 누군가를 불러 달라고. 그 순간만큼은 아비에게 있어 더 이상 단테스는 약자가 아니었다. 그러나 그 다음은 어땠을까? 만약 단테스가 사람을 불러왔다면?

어쩌면 목숨은 건졌을지도 모른다. 그러나 다시 술을 먹고 다시 둘을 폭행하고 그 다음에는 방금 하려던 짓을 계속 하겠지.

단테스는 그의 앞에 쭈그려 앉았다. 그러고는 그의 손을 단단하게 잡아 주었다.

아비는 단테스에게 욕을 했다. 은혜도 모르는 창녀의 자식이라고 했다. 차마 입에 담기도 힘든 욕설이 쏟아졌다. 단테스는 그 욕을 모두 들었다. 단테스는 그저 그의 손을 붙잡아 줄 뿐이었다. 아버지가 차갑게 식을 때까지.

그 눈이 두 번 다시 이비엔을 쳐다보지 못할 때까지.

그 순간까지는 그는 창녀의 자식이 맞았다. 낳아 준 은혜도 모르는 놈이 맞았고, 아비를 죽인 천륜을 어긴 인간 백정이 맞았다. 그러나 이비엔은 아니었다. 그녀는 천사였다. 단테스의 여신이었다.

아비는 더 이상 말을 잇지 못했다. 컥컥 붉은 핏덩이를 계속해서 토해냈다.

단테스는 그의 눈을 정면으로 마주 보았다. 울지는 않았던 것 같았다. 그렇다고 웃지도 않았었고, 증오는 더더욱 하지 않았다.

아버지의 손이 단테스의 손바닥 너머로 굴러떨어진다. 그가 마지막 숨을 토했을 때 소년이었던 단테스는 이미 한 번 죽었다.

얼마 지나지 않아 이비엔이 눈을 떴다.

'아빠는?'

순진하게 묻는 그녀에게 단테스는 아무런 대답도 할 수 없었다. 그저 그가 피던 담배를 입에 무는 것 말고는…….

그 이후, 단테스는 달콤한 지옥을 본다.

그녀가 눈이 멀었을 때 단테스는 아비의 저주인가 생각했다. 차라리 자신의 눈을 멀게 했다면 좋았을 텐데, 그랬다면 차라리 행복했을 텐데.

단테스는 황금으로 만든 침대를 준비했다. 그녀를 위해 최고급 장인들과 연금술사들을 불러 주문 제작 했다. 여름에는 시원하고 겨울에는 따뜻하도록, 혹시라도 등에 욕창이 생기는 일은 없도록.

아카데미에 빈 방은 많았다. 단테스는 막대한 기부금을 주고 에녹 교수와 가까운 곳에 병실을 잡는다. 그녀가 좋아하는 것을 쌓아 놓자. 단테스는 기계적으로 그녀를 위해 방을 꾸몄다.

어느새 방 안에는 책과 곰 인형이 가득 쌓여 있었다. 어느 공주님의 침실.

단테스는 이비엔의 손등에 자신이 이마를 비빈다. 울 수는 없었다. 그는 악인이었으니까. 그의 눈물은 모두 그녀가 가져가 버렸으니까. 여기서 죄를 뉘우치면 그의 손에 희생당한 수많은 사람들은 어떻게 되나.

앞으로 그가 지을 죄는 오로지 그의 것이 된다. 그의 죄를 사해 줄 여신님은 깊은 잠에 빠졌다. 그렇다 해도 단테스는 계속해서 죄를 짓고, 끊임없이 살아갈 거다.

그의 손목에는 검은 십자가가 박혔고, 한번 알파도 패밀리에 들어간 자는 끝까지 뼈를 묻어야 하니까.

검은 양은 계속해서 검은 양인 채로 살아가는 걸 택했다.

마침내 단테스는 그녀의 손을 놓았다.

"잘 자. 이비엔, 불은 꺼 놓을게."

단테스는 촛불을 껐다. 문이 닫히고 소녀는 그렇게 긴 잠에 빠져들었다.

꿈은 죽음보다 잔인한 것. 기사님은 잠자는 공주님께 짧은 작별을 고한다.

23.

"체크 메이트."

아무것도 없는 새하얀 공간, 엘과 이서릴이 마주 보고 있다.

엘이 체스 말을 움직인다. 위기, 앞으로 단 한 수만에 끝날 수가 있었다. 이서릴은 손톱 끝으로 나이트의 단단한 말 머리를 만지작거린다.

엘이 물었다.

"포기할 건가?"

이서릴이 대답한다.

"꽤 예쁜 소녀군."

엘의 뒤에서 어린 이서릴이 걸어 나온다. 그녀는 수줍은 얼굴로 두 손을 만지작거렸다. 이서릴이 물었다.

"어떻게 할 거지?"

엘이 대답했다.

"어떻게 할 것 같은가?"

명백한 도발에 이서릴이 살짝 이마를 찌푸린다. 엘이 피식 웃더니 대답했다.

"샨이 부탁했으니, 그래도 일 년에 한 번 정도는 깨게 해 줄 생각이야. 이 아이의 생일 때, 단 4시간 동안만."

"소녀의 오라비가 좋아하겠군."

"더 잔인한 일이 될 수도 있지."

이윽고 그녀는 체스를 움직인다. 체크 메이트가 풀린다. 다시 둘의 공방이 이어졌다. 이윽고 이서릴의 폰이 체스판 끝에 도달한다.

"폰이 퀸이 되었군."

폰, 그저 앞으로 한 칸 가는 재주밖에 없는 말. 그것이 드디어 끝에 도달하고 말았다.

그 의미를 엘이 눈치챘다.

"샨을 어떻게 만들 셈이지?"

이서릴이 새빨간 웃음을 짓는다. 그러고는 엘이 했던 대답을 똑같이 맞받아쳤다.

"글쎄, 어떻게 할 것 같은데?"

엘이 살짝 이마를 찌푸렸다. 이서릴이 깔깔 웃었다.

"너는 가르쳐 줬지만, 으음~ 나는 안 가르쳐 줄 거야."

"……."

이서릴은 검지로 그의 입술을 부드럽게 눌렀다. 그러고는 색정적인 목소리로 속삭였다.

"여자는 비밀이 있어야 매력적인 법이거든."

* 코로나 방전(corona discharge)
2개의 전극 사이에 높은 전압을 가하면, 전기장의 강한 부분만이 발광(發光)하여 전도성(傳導性)을 갖는 현상을 말한다. 극 또는 양극이 봉상(棒狀) 또는 침상(針狀)으로 되어 있으면, 그 극 부근의 전기장이 특히 강해져 부분적인 방전이 일어나 빛이나 소리를 낸다. 두산백과 참조. 이 소설에서는 거기에 좀 더 판타지적인 과장과 상상력을 가미했다.

Chapter 3

최악의 적

1.

어둠 속, 지붕 위. 메이드복을 입은 한 소녀가 달려갔다. 새침한 블론드 머리칼에 무릎 위까지 올라오는 오버니삭스가 매력적이다. 기이하게도 분명 힐을 신고 있음에도 소녀는 절뚝이지도 속도가 줄지도 않았다.

암살자들이 소녀를 향해 일제히 단검을 날린다. 소녀는 달리는 속도에 변화를 주어 페이크를 넣는다. 단검은 애꿎은 지붕만 타다닥 꽂는다.

"내가 왜……."

이윽고 소녀가 한탄하듯 중얼거린다. 이윽고 누군가가

소녀의 속도를 추월할 정도로 바짝 뛰어오고 있었다. 잘생긴 체격 좋은 청년이었다. 눈가에 미소가 걸려 있었고 누가 봐도 호남이라고 할 법한 외모였다. 청년은 창의 탄력을 이용해 소녀를 찌른다.

동시라고 해도 좋았다. 이 소녀는 찰나의 공기의 흐름만으로 청년의 다음 움직임을 잡아낸다.

탕!

소녀의 몸이 뒤로 젖혀진다. 창에 찔린 것도 균형을 잃고 날아간 것도 아니었다. 어디까지나 의도적인 움직임. 소녀의 메이드 스커트가 창끝에 걸린다. 치마가 확 젖혀지기 직전, 소녀가 화급하게 옷자락을 꽉 누른다. 그러나 스커트 끝이 창에 찢어진다.

"잡았다. 이 암고양이 괴도 샤이린!"

소녀가 소리를 빼액 질렀다.

"여자 아니라니까요오오! 아르고 혀어어엉!"

그러나 소녀는 이미 목소리 변조 약을 마신 상태였다. 완벽한 소녀의 목소리.

거기다 어두운 곳에서 소녀의 얼굴이 보일 턱도 없거니와 어둠 속, 이 거리에서 육감만으로 자신의 동생임을 알아맞힐 수 있는 사람은 존재하지 않았다. 샨의 둘째 형

에론 빼고는. 아무튼 샨의 셋째 형이자, 에론 형에 비교한다면 그나마 정상인인 아르고는 고개를 갸우뚱한다.

"그러면 아가씨 정체가 뭔데?"

샨은 입을 다물었다.

여기서 집안 망신을 시킬 수는 없었다. 사실 따지고 보면 이 일의 원흉은 망할 단테스이다. 샨은 어금니를 까득 갈았다.

집안에서 가장 속도가 빠른 사람은 아르고 형이다. 막내 아르고 형을 상대로 이만큼 도망친 것도 기적이었다. 어떻게 해야 할까.

샨은 단테스 욕을 백만 번쯤 하며 뒤로 물러난다.

"호오, 아가씨, 도망치는 거야?"

샨의 뒤로 하얀 달이 떠오른다.

어째서 이렇게 된 걸까. 어쩌자고 이렇게 된 걸까.

시간은 불과 나흘 전으로 되돌아간다.

2.

에론 형에게,

안녕, 에른 형. 잘 지내?

편지 답장이 늦어져서 미안해. 지금 우리는 넬과 단테스가 소유하고 있는 별장에 와 있어.

참 많은 일이 있었지만 그럭저럭 원래의 생활로 돌아온 것 같아. 형이 보내준 율키르 경의 마법 공방 신고서는 잘 읽었어. 구조만 봐도 어떤 마법을 주로 사용하는지 잘 알겠더라. 그런데 빈 칸을 보니 신고하지 않은 무허가 마법 시설들도 있는 것 같아. 음…….

난 별일 없어. 걱정하지 마. 율케스는 친한 친구고, 율케스의 형이니까 궁금해서 물어본 거야. 지난번 편지에서 단테스랑 관계있냐고 물었는데 정말 별일 아니니까 걱정하지 마.

……라고 썼지만, 아마 형은 이미 조사를 끝냈겠구나. 미안해, 형.

사실 형에게 복수를 부탁하려고 생각하긴 했어. 형이야 내가 그런 말까지는 안 해도 아픈 소리만 들리면 달려갈 거니까. 하지만 이젠 마음이 바뀌었어. 제대로 내 힘으로 하고 싶더라고.

내가 약해서 소중한 사람을 두 번이나 잃었어. 한 명은 이제는 영영 돌아올 수 없는 곳으로 갔고, 다른 한 명은 그래도 다시 볼 수 있을 거란 희망은 있어. 그래도 잃었다는 사실에는 변함이 없었어.

약한 게 싫어.

내 인생에서 이렇게 내가 싫어진 적이 없어.

어떻게 해야 강해질 수 있을지 고민이야. 형은 그런 고민 안 하겠지?

형은 강하니까.

참, 티스는 2차 재시험에 들어갔어.

1차 시험도 바늘구멍 차이로 겨우 넘긴 거라 2차를 넘길 수 있을지 모르겠어. 그래도 머리는 좋은 녀석이니 괜찮겠지? 공부에 흥미를 가졌으면 좋으련만.

참참, 율케스는 어때? 잘 지내? 형 밑에서 수련받고 있을 텐데 답장이 없어서 걱정이야.

잘 지내지? 보고 싶다.

아래에 요 며칠 내가 먹은 것과 체중 상태를 함께 동봉해.

너무 걱정하지 마. 나 엄청 건강하니까.

그러면 감기 조심하고 옷 꼭 두껍게 입고 다니고.

사랑을 담아…….

샨 보냄.

P.S 참참참, 지난번에 줬던 축복 스크롤은 어때? 아직 쓴 거 아니지? 엄청 귀한 거니까 잘 간직해야 해?

3.

에론은 편지를 내려놓는다.

에론의 엉덩이 아래에는 율케스가 깔려 있다. 율케스의 한쪽 팔에는 귀살마도가, 다른 한쪽 팔에는 블루 크리센트가 꽂혀 있었다.

보통 사람이라면 즉사했을 상처들이 율케스의 등에 빼곡하게 박혀 있다. 그러나 율케스는 뱀파이어. 그것도 마왕의 피를 이어받은 뱀파이어다. 힘을 봉인했다고 해도 재생력까지는 봉인하지 못한 건지 벌써부터 새살이 스스로 재생되기 시작했다.

오로지 에론이 칼이 박힌 곳만 재생을 하지 못했는데, 에론은 마음에 들지 않는지 구둣발로 율케스의 등을 밟았다.

“오늘 왜 진검 대련을 한 줄 아십니까?”

율케스가 짤막하게 대답했다.

“내 형이 샨을 공격해서?”

스승에게 하는 대답치곤 말이 짧다. 그러나 율케스도 이미 짜증이 폭발하기 일보 직전이다. 에론이 대답했다.

“물론 그런 것도 있지요. 그러나 그 화풀이는 어제도 충분히 했으니까요.”

“그러면 뭐지?”

에론이 율케스의 손을 콱 밟는다.

“감히 시체 새끼 주제에 샨에게 답장을 쓰려 하지 않았습니까. 저도 이제 겨우 샨에게 답장을 받았는데 감히 편지를 쓰다뇨.”

그게 사람을 도륙할 정도의 핑계였냐.

율케스는 짜증을 꾹 참는다. 에론은 율케스의 팔에서 귀살마도를 뽑는다.

"그래도 많이 성장했군요. 이번 방학이 끝나면 그럭저럭 완성형에 도달하겠어요."

"댁을 죽일 수도 있겠지."

그 말에 에론이 웃는다.

"그건 무립니다. 율케스군."

"아니, 방학이 끝나는 마지막 날, 널 쓰러뜨릴 거다."

에론은 마지막으로 블루 크리센트를 꺼낸다. 차가운 검날이 청아한 소리를 냈다. 에론은 율케스의 피를 가볍게 탁 털어 내고는 검을 핑그르르 돌려 자세를 취했다.

"자, 그러면 다시 두 번째 진검 수련에 들어갈까요? 음, 이번에는 지면 손톱 4개만 뽑아드리죠."

명백한 악의다.

율케스는 몸을 일으켰다. 분하지만 싸우면 싸울수록 힘의 끝이 보이지가 않는다. 그러나 그 이상으로 율케스 자신도 강해지고 있었다. 검 끝이 한결 예리해지고 섬세해져 간다. 그동안은 강인한 뱀파이어의 육체를 이용해 마구잡이로 휘둘렀다면, 이제는 강인한 육체에 기술까지 더해져 더욱 시너지 효과를 불러일으키고 있다.

에론이 말했다.

"케이크는 옆에 있습니다. 샨에게 만들어 줄 신작인데

싸우기 전에 한번 드셔 보시든가요."

율케스는 접시 위에 조각 케이크를 한 입에 털어 넣었다. 크림치즈의 깊은 부드러움과 코코아 가루가 섞인 시폰 케이크가 입맛을 돋운다.

"맛있군."

"감상은 그것뿐?"

에론이 검 끝을 튕긴다.

당분이 들어가니 율케스의 몸은 더욱 빠르게 회복되기 시작했다. 율케스야 애초부터 피로를 모르던 몸 아니었던가. 그 페이스를 기친 기색 없이 따라오고 있는 에론이 미친 거지.

율케스는 잠시 에론도 마족과 계약했다거나 사실 이놈도 뱀파이어가 아닐까 생각해 봤다. 그러나 생크림과 설탕과 밀가루와 초콜릿에 미쳐 있는 저 미각 상태를 보아하니 피는커녕 케첩도 멀리할 사내다.

어제도 저택에 잠입한 적국 암살자 10명을 처리하고는 돌아가서 사과를 토끼 모양으로 깎고 있지 않았던가.

율케스는 입가에 묻은 생크림을 소매로 닦는다.

'샨, 조금만 기다려.'

저 미친 형의 미친 질투 때문에 답장을 하는 건 무리

다.

'나도 강해져서 곧 갈게. 기다려.'

율케스는 마음속에서나마 샨에게 편지를 썼다.

4.

별장은 아늑했다. 북부 지방은 벌써부터 눈이 몰아쳤다. 눈 덮인 산자락 아래에 홀로 있는 이층집은 엄마 품에 안긴 아기를 연상시켰다. 넬의 취향답게 서재에는 온갖 책이 한가득 쌓여 있었고, 메이드들은 일주일에 두 번 오는데, 청소와 빨래를 담당했다.

샨은 달콤한 누가 쿠키를 입에 물고는 책장을 넘겼다. 달콤하고 쫀득한 식감이 입안에 터졌다. 쿠키 안에 호두를 넣었는지 씹을 때마다 고소한 향이 묻어난다.

샨은 책장을 덮고는 다음 책을 찾아 읽어 내려갔다. 다음 학기 예습은 이미 끝내 놓았다. 넬은 여기서 심화 단계까지 들어가겠지만, 샨은 그럴 생각이 없다. 남은 시간은 모조리 새로운 마법을 연구하는 데 활용했다.

적을 격퇴하고 소중한 사람들을 지킬 수 있는 마법.

드래곤 마스터에 대한 서적은 무척이나 희귀하다. 크롬이라면 대대로 드래곤 마스터를 배출해 온 집안이니 이런 서적쯤 쉽게 얻어 오겠지만, 샨은 한 권 한 권 얻어 오는 데도 뼈가 시릴 정도로 힘들다.

'더 강해질 수 있는 방법이 없을까?'

우선 가장 효과적인 방법은 카이를 이용한 방법이다. 샨의 힘 대부분이 카이를 이용한 것이니까.

샨은 소파에 누운 상태로 고개만 옆으로 돌렸다.

"넬, 공부 잘 되가?"

"필기시험 대비 중인데, 2학년 교재는 실기가 많군."

내년 학년도 넬이 장학금을 타겠지. 샨은 그런 넬이 조금 부러워졌다. 1학년 때는 그럭저럭 상위권 성적을 유지할 수 있었다. 그동안 읽었던 책들 덕분이었다. 그러나 2학년부터는 본격적인 심층 수업이다. 티스와 율케스에게 끌려 다니다 보면 분명히 공부 시간 따위 산새처럼 날아가 버릴 거다.

샨은 이마를 두드렸다.

"아…… 모르겠다."

이래서 사람은 친구를 잘 사귀어야 한다.

차라리 단테스는 가끔 밤길에 칼 맞게는 하지만 적어도

넬의 공부 시간은 존중해 주지 않던가.

'티스한테 주소를 보내긴 했는데…… 올까?'

지금쯤이면 슬슬 추가 시험이 모두 끝났을 때다. 붙든 유급하든 놀러오라고 했다.

티스는 별로 달가워하지 않는 눈치였지만.

이윽고 현관문이 열린다.

손님인가? 샨이 소파 밖으로 시선을 돌렸다.

청년이 눈 덮인 머리를 탁탁 털며 안으로 들어온다.

"후우, 엄청 춥네요."

단테스다. 그의 뒤에서 누군가가 따라 들어왔다.

"어, 티스?"

"욥!"

티스가 검지를 들고는 상큼하게 인사했다. 그리고 그의 뒤로 한 사람이 또 더 들어오는 게 아닌가?

"꼬맹이들, 잘 지냈나?"

샨의 눈이 커졌다.

"이서릴?"

이서릴이 힐을 또각거리며 안으로 들어왔다. 새카만 모피 코트 안에는 미니 드레스가 아찔하게 달라붙어 있다. 워낙 육감적인 몸매다 보니 그녀의 가슴에 미니 드레스가 터질 것만 같았다. 그녀는 팔로 가슴을 모으고는 샨에게 인사했다.

"어머, 샨. 못 보던 사이에 더 예뻐졌네."

샨은 시선도 돌리지 않고 밝게 인사했다. 넬도 티스도 심지어 화류계에 익숙한 단테스조차 잠시 눈이 흔들릴 정도로 파괴적인 볼륨인데도!

"우와, 정말 오랜만이에요."

그랬다. 잊고 있었다. 샨은 정신적 고자였다. 작전은 실패다. 그래도 이 정도는 각오했던 일 아닌가. 이서릴은 어금니를 꽉 악물었다.

그녀는 힐을 신고 또각또각 안으로 걸어 들어왔다.

"아, 이 집은 슬리퍼 신으셔야 해요."

그리 말하며 샨이 구석에 놓여 있는 분홍색 털 슬리퍼를 다소곳이 내려놓는 게 아닌가. 손님맞이 경력 12년 차 주부와 같은 자태에 이서릴은 다시 기가 질렸다. 아니나 다를까 샨은 벽난로에 미리 데워 놓은 물을 꺼내서는 즉석으로 차까지 타고 있지 않은가?

샨이 화사하게 웃는다.

"밀크티 좋아하시죠? 준비한 건 없지만 몸은 따뜻해질 거예요. 시럽은 얼마나 넣어 드릴까요?"

시럽은 필요 없어. 샨, 그냥 너를 한 스푼, 아니 너를 한 통 부어 줘. 네 목에다가 개목걸이라도 걸고 집까지 끌고 가고 싶다. 아아, 저 아이를 납치해서 매일매일 가정부 겸 남편으로 부려 먹으면 얼마나 좋을까.

이서릴은 얼굴을 붉히며 이런저런 생각에 빠져들었다. 그러거나 말거나 샨의 미소가 오늘따라 유달리 다정했던 게 이유가 있긴 했다.

'이서릴에게 물어보자. 강해지는 법.'

그녀는 꽤 좋은 스승 아니던가.

이서릴은 무슨 생각을 했는지 샨을 향해 유혹적인 윙크를 날렸다. 샨은 왜 날렸는지는 모르겠지만 밀크티가 기대 돼서 그러는가 보다, 하고 그저 고개만 작게 끄덕였다.

이서릴은 행복해졌다.

'드디어 넘어오는 건가? 저 아이가! 나한테! 아싸라비야!'

이서릴의 머릿속에서는 이미 핑크빛 퍼레이드가 폭죽처럼 터졌다. 그때 넬이 샨을 자기 쪽으로 끌어 당겼다. 그러고는 샨의 어깨를 양팔로 감싸서 끌어안고는 날 선 목소리로 물었다.

"샨, 저 계집은 누구지?"

"계에집? 인간 주제에 너 말 다했어어어!"

넬은 차갑게 대꾸했다.

"아, 말을 수정하죠. 천박한 화장을 하고 가슴을 흔드는 계집이라고요."

"이 새끼가아아아아!"

그녀의 주변에서 살기가 폭발한다. 넬은 그 살기를 정면으로 맞고도 손 하나 까딱이지 않았다. 샨은 작게 한숨을 쉬었다. 원래부터 타인에게 배타적인 넬이었다. 자신의 친구를 저런 생판 처음 보는 여자에게 빼앗길지도 모른다는 생각에 발톱을 세우는 모양이다.

샨이 넬의 팔을 붙잡는다.

"하아."

어디서부터 설명해 줘야 할까. 그때 티스가 양손을 내저었다.

"어이어이, 다들 날 까맣게 잊고 있는 모양인데 나 말할 시간 좀 달라고. 다들 내가 시험 친 거 궁금하지도 않은 거야?"

그 말에 다들 할 말을 잃었다. 맞다. 가장 중요한 걸 잊고 있었다.

5.

결론만 말하자면 아슬아슬하게 유급은 면했다. 아무리 그래도 애초부터 기초가 없는 녀석이다 보니 벼락치기한다고 면제될 수준이 아님에도 용케도 시험을 넘었다. 거기다가 라온 교수가 냈던 시험 문제를 읽어 보니 샨 자신도 못 풀 것들이 허다했다.

"헐, 이건 유급하라고 낸 거네. 1학년이 풀 수 있는 수준이 아닌데?"

그런데 넌 이걸 대체 어떻게 푼 거냐!

샨의 부릅뜬 눈을 바라보며 티스가 허허롭게 웃었다.

"하하하, 친구. 인간은 말이지. 죽음에 필적하는 위기가 다가오면 숨겨진 능력이 발휘되지. 그냥 찍었다네."

"이거 주관식인데?"

"찍었지."

"주관식을…… 찍어?"

샨이 어이가 없어서 티스를 바라보았다. 티스의 숨겨진 능력은 '반드시 옳은 것을 선택하는 힘' 이다. 목숨의 위기 때나 발동할까 말까 하는 능력이고 한번 사용하면 인간의 모든 윤리와 감정이 거세된다. 그런데 그 위험한 걸 이 새끼는 자각도 없이 시험에다 써?

샤은 티스의 양어깨를 붙잡았다.

"그냥 유급하지 그랬어. 티스, 진짜로…… 2학년은 1학년보다 더 어려운 거 알잖아. 이대로라면 넌 백 프로 또 유급 시험이야. 그때도 찍게?"

"날 대체 뭘로 보는 겐가, 친구. 유급 시험 안 보네. 난 지금부터 평소에 꾸준히 공부할 걸세."

해가 서쪽에서 뜨고, 크롬이 진흙탕에서 삼바 댄스를 추고, 에론 형이 케이크를 끊는 날이 와도 그런 날은 오지 않는다. 그걸 샤도 알고 넬도 알고 단테스도 알며 심지어 바구니에서 세상모르고 자고 있는 카이도 알고 있는 사실이지만 티스 혼자만 모른다.

티스가 말했다.

"나 못 믿어?"

넬이 책을 탁 덮었다.

"믿고 못 믿고의 문제가 아니다. 그건 그냥 불가능하니까."

"이 새끼가!"

티스와 넬이 투닥이며 싸운다. 샤은 작게 한숨을 쉬며

티스의 시험지를 하나하나 읽어 내려갔다. 그래도 유급 시험이다 보니 그렇게 어려운 문제만 나오지는 않았다. 다만 에녹 교수님과 라온 교수님 두 분만 유독 문제가 까다로웠는데, 라온 교수님은 그냥 '너 죽어 봐라.' 하는 마음으로 낸 것 같고 에녹 교수님은 그동안 봤던 1학기 중간고사, 기말고사. 그리고 2학기 중간고사와 기말고사 문제에서 시험을 냈다.

하나같이 까다로운 문제지만 오답 노트만 봤으면 맞췄을 문제이긴 한데…….

'음.'

그래도 마법식을 푸느라 시험지 군데군데 메모해 놓은 공식들이나 마법 주문 독해 시험에서 지문에 쳐 놓은 밑줄을 보니 제대로 시험을 보긴 했던 모양이다.

그때 카이가 눈을 뜬다.

"음…… 마마?"

카이가 잠에서 깼는지 샨의 손에 이마를 가져다 댄다.

"카이, 일어났니?"

카이는 비몽사몽간에 샨의 손길을 즐기다 문득 고개를 돌렸다. 그러다 이서릴과 눈이 마주쳤다.

"할망구 왜 왔어?"

"머리에 피도 안 마른 용 새끼가?"

둘은 약속이라도 한 듯 서로 고개를 팩 돌렸다. 이거 아무래도 친해지려면 시간이 걸릴 것 같다. 샨이 몸을 일으켰다.

"드시고 싶은 거 없으세요?"

"음? 요리 할 줄 알아?"

"티스만큼은 아니지만요."

그러고는 앞치마를 꺼내 허리에 두른다. 이서릴은 두 손을 모으고 작게 소원했다.

'샨, 나와 결혼해 줘. 매일 아침 날 위해 치킨 스튜를 끓여줘.'

"흥. 할망구."

카이는 고개를 팩 돌렸다. 그러더니 마력을 모아서 단숨에 인간으로 변신한다. 샨이 깜짝 놀라 소리친다.

"앗, 카이! 이런 데서 함부로 변하면 안 돼!"

옷을 입지 않은 상태라 완전히 벌거벗은 나신이 드러난다. 여성도 남성도 아닌 판판한 몸이지만 샨은 코피라도 쏟을 기세로 카이의 몸을 가리느라 여념 없었다. 카이가 말했다.

"싫어! 나도 요리 도울 거야. 마마! 마마!"

샨은 한숨을 포옥 쉬더니 카이를 도로 새끼용으로 돌려 보낸다.

팡!

카이가 몸을 바둥거린다.

"마마, 너무해. 나도 도울 거야아아!"

그러나 샨은 이런 부분에서만큼은 무척이나 단호했다.

"손님 오셨는데 얌전히 있어. 요리가 끝날 때까지 착한 용으로 있어 주면 새끼 양 고기를 해줄게."

"뭐? 진짜!"

카이의 눈이 반짝반짝 빛났다. 그걸 보고 이서릴이 카이만 들을 수 있게 작은 목소리로 뇌까렸다.

"돼지."

샤아아악!

카이는 피막을 펼쳐 위협적인 소리를 냈다. 티스가 몸을 일으켰다.

"나도 도울게."

단테스가 티스를 저지했다.

"손님에게 일을 시킬 수야 없죠. 제가 하겠습니다."

6.

샨과 단테스는 부엌에 나란히 섰다. 겨울이니 음식에 보존 마법을 걸지 않고 창고에서 꺼내 오기만 해도 됐다. 샨은 야채와 털만 뽑아서 걸어 놓은 생닭, 그리고 향신료를 꺼냈다. 그동안 단테스는 아궁이에 불을 붙이고 양동이에 눈을 퍼 담아 끓였다.

사람이라고는 살지 않는 외진 곳이다 보니 눈은 그냥 퍼서 먹어도 될 정도로 깨끗했다. 샨이 물었다.

"정말로 여기 땅값이 오를 거라고 생각하고 산 거야?"

그 말에 단테스가 대답했다.

"제가 약 먹었습니까? 진짜로 오를 거라고 생각하고 사게."

"그러면 왜 산 거야? 여긴 아무것도 없잖아."

"아무것도 없어서 산 겁니다."

선문답 같은 말에 샨은 어깨만 으쓱했다. 샨은 마력을 이용해 야채를 가볍게 씻었다.

"수류 조종인가요? 꽤 능숙하네요."

"우리 기숙사 특기지. 단테스도 하잖아?"

"저는 정령이 편합니다."

부럽다, 정령사는. 드래곤 테이머는 기껏해야 적을 때리고 부수는 것밖에 못 하지 않나. 물론 그것도 대단한 일이긴 하지만 응용력만 비교한다면 정령사에 비할 게 아니었다. 정령으로 목욕하고 정령으로 물체를 띄운다거나 주변 기온을 낮춘다거나.

물론 마법으로도 가능이야 하지만, 아카데미에서 배우는 마법의 80% 정도가 공격이나 방어 마법 계통이다. 원래부터 마탑이 받는 투자금의 대부분이 국방 예산으로 오다 보니 마법도 그쪽만 특화되어 있다.

"그래도 물 자체를 조종할 수 있는 능력은 꽤 편해 보이는걸요."

단테스의 말에 샨은 어깨를 으쓱했다.

"손이 물에서 떨어져 있으면 발동도 못 하고 빠르게 움직이는 건 못 해. 정령이 훨씬 부러워."

샨은 식칼을 들더니 닭의 배를 가르고 내장을 긁어냈다. 능숙한 솜씨에 단테스가 혀를 내둘렀다.

"제법 하네요."

"응, 티스만큼은 못하지만."

전부터 샨은 요리에 관해서는 언제나 티스에게 한 수 접어주곤 한다. 대체 그놈은 어떤 요리를 만들기에 그러는 걸까? 단테스는 어깨를 으쓱하더니 식칼 하나로 감자 껍질을 벗기고 양파를 다듬는다. 샨이 물었다.

"많이 해 본 솜씨네."

"환자식 어지간한 건 제가 다 해 봤죠."

이비엔.

샨의 말문이 막힌다. 단테스에게 무슨 말로 위로해야 할지 감이 잡히질 않는다. 침묵이 식칼을 타고 사각거린다. 먼저 입을 연 건 단테스다.

"괜찮습니다. 목숨을 건진 것만으로 기적인걸요. 거기다가 원래라면 올해를 못 넘겼을 텐데 말이죠. 그래도 성인이 되면 다 낫는다고 하지 않았습니까?"

물론 에녹 교수님이 그렇게 말했지만 쉽게 믿어지지 않을 일이다. 단테스가 말했다.

"샨을 만난 게 행운이라고 생각해요."

그 말에 샨의 뺨이 붉어졌다.

"못 지켜서 미안해."

"아닙니다. 정면으로 승부했다면 저도 못 이길 상대였으니까요. 거기다가 에녹 교수님을 부르기까지 하셨잖아요. 만약 때 맞춰서 교수님이 나타나지 않았다면 이미 죽었을 겁니다. 죽은 사람은 무슨 짓을 해도 살아날 수 없으니까요."

닭 뼈가 이렇게 썰기 힘들었던가. 샤의 칼질이 느려진다. 이윽고 소년은 기어가는 목소리로 조곤거린다.

"나, 더 강해질 거야. 다시는 그렇게 당하지 않을 거야."

겨우 다리뼈를 떼어냈다. 샤은 닭 뼈를 골라서 살점만 남겨낸다. 껍질을 벗기려다가 티스가 닭 껍질을 좋아했던 걸 기억해 내버려 둔다. 대신 지방질만 조금 손질하고 만다.

단테스가 대답했다.

"저랑 같은 생각이시군요."

"응."

7.

샤은 매콤한 닭고기 스튜에 미트 파이, 그리고 양파와 레몬 드레싱을 뿌린 연어를 이용한 샐러드를 곁들였다. 마지막으로 탄산이 들어 있는 이 지역 음료를 꺼내 왔는데 방이 따뜻해서인지 시원한 음료가 쉽게 목으로 넘어간다.

이서릴이 입을 열었다.

"다름이 아니고 이것 때문에 왔어."

그녀는 여성용 핸드백에서 작은 봉투를 꺼내 샨에게 건넸다. 샨이 얼떨결에 받아 봉투를 열어 보니 그 안에는 초대장이 들어 있었다.

"이번에 세계 책 경매가 열리는 거 알지?"

샨이 고개를 저었다.

"아뇨. 그런 쪽 정보는 잘……."

"단테스 군은 잘 알 것 같은데?"

그 말에 단테스가 고개를 끄덕였다.

"네, 동생 때문에 갈 일이 있었습니다만."

그녀가 방긋 미소 지었다.

"그 초대장은 블랙 프리미엄 경매. 즉, 마법사의 탑에서 지정한 S급 이상 희귀 도서들만 나오는 경매야. VIP들만 얻을 수 있는 초대장인데…… 으음, 카탈로그가 어디 있더라."

그녀가 핸드백에서 다시 책을 꺼낸다. 대체 저 조그마한 백에 얼마나 많은 것들이 들어 있는 걸까. 언뜻 봤을 때 화장품만 조금 있었던 것 같은데.

새카만 표지의 책은 백과사전만큼이나 두꺼웠다.

한 페이지 한 페이지 금속활자로 인쇄했는데, 물건들은 사실화 화가가 직접 그린 것을 판화로 떴다. 거기다가 페이지 번호는 진짜 금가루를 사용해서 숫자에 금박을 입혀놨는데, 그 호사스러움이 상상도 하기 힘들었다. 마법사협회에서 직접 만든 카탈로그로, 경매 물건도 아니고 고작 VIP에게 무료로 배포하는 카탈로그 책인데 이렇게 공을 들여 놓다니. 대체 경매에 얼마나 많은 돈이 모이는지 상상도 하기 힘들었다.

"어디 보자, 보자."

그녀는 페이지를 파라락 펼쳤다. 이윽고 마지막 페이지쯤에서 멈췄는데 하얀 바탕에 새카만 용이 그려진 책이었다.

"여기 있다. 춤추는 일곱 드래곤의 책. '세븐 드래곤즈 북스' 한번 읽어볼래?"

세븐 드래곤즈 북스

저자 : 미상

연도 : 마도 시대 3세기 이전으로 추측

입수 난이도 : SSS

마도 시대 세상을 지배하던 일곱 용신의 말을 적은 도서. 이번 경매의 하이라이트다. 고대 용언으로 적혀 있기 때문에 번역에 혼란을 빚고 있다. 그러나 마법사 협회에서 직접 인증을 받은 책으로 진품 논란을 걱정할 필요는 없다. 본 경매에서 힘들게 입수한 도서로 많은 컬렉터들의 시선을 받을 거라 예상한다.

일곱 용이 각자 하나씩 시구를 지어 놓았는데 숨겨진 의미도 있으며 이제는 전해지지 않는 문자들도 더러 섞여 있다. 앞서 번역된 세 개의 목차 제목만 공개하자면 다음과 같다.

—화룡 마스라이탈, 춤추는 불꽃의 소네트.
—수룡 하이드로핀, 아득한 대양의 소네트.
—지룡 갸트메르하, 깊은 에메랄드의 소네트.

겉으로 보았을 때는 한 여인에 대한 사랑의 노래로 보이나 문장과 단어에서 마법적 배열이 느껴진다.

……(중략)……

경매 시작가 30억 메사부터.

"메사? 돈 단위가 다른데요?"

"제국 근방에 있는 무역 도시 메사 공국에서 열리는 거야. 환율은…… 으음, 계산에 약해서 잘 생각이 안 나네. 아무튼 제국 돈과 큰 차이는 없을 거야."

"이걸 얻어 오라는 건가요?"

"응, 강해지고 싶다면 수단과 방법을 가리지 마."

30억인데? 한두 푼도 아니고? 이건 시작가고 막상 경매에 들어가면 못해도 100억 대를 호가할 가격이 나올 거다.

"이 돈이면 소규모 영지 일 년 예산인데요?"

아르고 형의 자금력이라고 해도 이건 무리다. 염치가 있지, 이 돈을 형 이름으로 사용하는 건 절대 무리다. 샨은 절망에 빠진다. 이서릴이 웃었다.

"그래서 말했잖아. 수단과 방법을 가리지 말라고."

그러고서는 핸드백을 탈탈 털었다. 그러자 안에서 보석들이 와르르 쏟아지기 시작했다. 공간 마법이 걸려 있는 핸드백이 틀림없었다. 저 작은 것에서 이 많은 게 쏟아져 나오다니. 단테스가 굴러다니는 루비 하나를 주워다가 빛을 비춰 보았다.

"진품이군요."

"맞아. 이건 지난번에 너랑 율케스랑 티스랑 같이 오크 부락을 털면서 나온 보석들이랑, 음, 그리고 내가 개인적으로 모아 놨던 것들이야. 다 합치면 그래도 110억 정도는 나오지 않을까?"

그녀의 말에 샨의 솜털이 쭈뼛 섰다. 이서릴은 검지로 단테스의 뒷목을 쓸었다. 보통 남자라면 소름이 돋았겠지만 그러거나 말거나 단테스는 보석들을 감정하는 데 여념이 없었다.

"어때, 알파도 패밀리라면 환전할 수 있지 않겠어? 어차피 마피아들은 자금 세탁 겸해서 현물이 많이 필요하잖아?"

"흠, 괜찮은 제의군요. 대신 수수료는 15%로 하죠."

"10%. 이것도 많이 쳐 준 거야. 어차피 니네들 산하에 있는 감정사 쓸 거 아니야. 10%도 많이 남는 장사일 것 같은데? 이거 안 해 주면 샨의 형이 운영하는 상회로 가겠어. 그쪽은 수수료도 더 싸게 해 줄 거니까."

단테스는 생각에 잠겼다가 이윽고 입을 열었다.

"만만히 볼 레이디가 아니시군요. 좋습니다. 그렇게 하죠."

두 사람은 서로 악수를 나누었다. 이서릴이 말했다.

"어디까지나 대여야. 샨, 네 역할은 내 돈으로 경매장에 가서 무사히 물건을 받아 오는 거야. 그러면 내가 그 책을 며칠 빌려 줄게. 아니면 번역본을 써 줄 수도 있고. 너는 이쪽이 더 편하겠다. 어때, 나는 이 책 원본이 필요하고, 너는 덕분에 겸사겸사 강해지고. 그러면 서로 좋은 거 아니야?"

거절할 이유가 없었다. 샨은 의뢰를 받아들였다.

8.

열차는 제국을 벗어나 수도를 향해 내달렸다. 이제 곧 메사 공국에 도착한다. 제국과 왕국 사이에 껴 있는 아주 작은 도시국가로, 선거제도로 왕을 선출하는 곳이다. 선거는 15년에 한 번 있으며 왕의 임기는 30년까지 연장될 수 있다. 다만 2번 선출된 왕은 더 이상 선거에 나갈 수 없고 임기가 끝난다. 단, 후보는 조금이라도 왕가의 피를 이어야 할 것. 그 외에 조건이라면 전과가 없을 것 정도?

마법보다는 연금술과 물리 화학을 이용한 마공학 쪽이

발달된 곳이라고 책으로 읽은 적이 있다.

"선거라. 왕을 그렇게 선출하는 게 가능하구나."

티스가 심드렁하게 대답했다.

"인구가 3만 명도 안 되는 도시 국가니까 그게 가능한 일이지."

넬은 책을 읽으며 나지막하게 뇌까렸다.

"당장 철도와 마법, 그리고 기초 교육을 일반 백성들에게도 할애한다면 제국도 선거제를 도입할 수 있을 거다. 그걸 막고 있는 건 현 지배층이고."

넬은 메사 공국의 사상에 꽤나 감화된 모양이다. 에녹 교수님께서 자주 넬에게 경고하긴 했다. 그런 소리를 마구 지껄이고 다닌다면 언제가 등 뒤에서 칼 박힐 날이 올 거라고. 샨은 조금 걱정이 되었다. 지금이야 아카데미가 보호해 주고 있지만 나중에 넬이 성인이 되면 어떻게 될까.

'정치 쪽으로 가기에는 위험한데…….'

지금도 중소 귀족들이나 상인의 자제들이 넬에게 많이 감화되어 있었다. 과거 왕따로 고생했던 옛 모습은 찾을 수 없을 정도. 괜찮을까. 샨은 넬이 걱정이 되었지만 애써 시선을 돌린다.

"세븐 드래곤즈라면 아마 신룡이겠지? 보통 드래곤 말고 과거 용언을 사용하고 세상을 부수었다던 그런 용 말이야."

단테스가 말했다.

"네. 동양에서는 용신이라고도 부르죠."

신과 같은 생을 살며 아득히 먼 시대의 지식을 가진 자들의 말을 담아낸 책이라. 과연 어떤 내용이 담겨 있을지 궁금하다.

"감자칩 드실래요?"

카이가 방방 뛴다.

"먹을래. 먹을래. 마마! 감자칩 먹을래!"

이 녀석은 육식인 주제에 감자 튀긴 건 귀신처럼 먹으려 든다. 염분도 많은데 이거 막 먹여도 되나 망설이는 것도 잠시, 마침 판매 카트에서 갓 튀긴 감자칩이 나오고 있었다. 샨이 고개를 끄덕이자 단테스가 손을 들었다. 공국은 어떤 곳일까? 벌써부터 가슴이 두근두근하다.

9.

도착하자마자 호텔에 짐을 내려놓았다. 호텔은 여관보다 큰 개념인데 이런 도시 국가나 제국 수도에서나 볼 수 있는 곳이다. 여관보다 서비스 질이 높은 대신 가격이 비싸서 보통 돈 많은 숙객들이 모이는 곳이다.

원래 여관에서 짐을 풀 예정이었지만 이미 싸고 괜찮은 곳은 빈방도 없이 꽉 찼다. 그나마 지금 호텔에 잡은 방이 마지막 방이었다. 샨은 지갑을 붙잡고 마음속으로 울었다.

그래도 이 정도까지는 괜찮다. 이서릴이 준 돈이 경매 예상가보다 꽤 넉넉하니까.

샨은 도착하자마자 옷을 갈아입었다. 샨이 있던 제국과는 반대로 이곳은 여름에도 덥다. 제국에서 입던 털옷이라도 입었다가는 아마 열사병으로 숨질 거다.

가벼운 셔츠에 통풍이 쉬운 얇은 망토를 걸쳤다.

방금 전까지 눈이 산을 덮을 정도로 추운 곳에 있었는데 하루아침에 이런 찜통더위 속에서 돌아다녀야 하니 고역이다. 단테스가 말했다.

"물 조심 하셔야 할 겁니다. 이쪽 물은 철분과 석회가 많이 섞여 있어요. 적응이 안 되면 며칠을 설사해야 할 겁니다. 나루 열매라고 이 지역 과일을 물에 띄운 걸 드세요. 노점에서 많이 팔 겁니다."

샨은 고개를 끄덕였다. 과연 호텔 프론트에는 나루 열매를 띄워 놓은 물을 비치해 놓았는데 레몬과 메론을 섞어 놓은 것 같은 향이 났다. 청량한 향기가 석회 맛을 재워 준다.

밖에는 길마다 사람들로 북적였다.

국제 도서 경매가 열리는 곳이다 보니 전 세계에 있는 모든 책들이 모였다. 시장에는 헌책이 즐비했고, 희귀 도서의 경우 세계에서 모여든 도서 감정사들이 직접 책을 감정하기도 했다. 책, 책이라니! 샨은 벌써부터 행복해졌다.

단테스는 짐을 내려놓자마자 어깨에 거는 간단한 크로스백을 꺼내 들었다.

"전 북 헌터를 찾아볼 생각입니다."

샨이 물었다.

"북 헌터?"

"의뢰를 받아 오래된 고서적을 수집하는 놈들이죠. 던전 공략부터 도적질까지 다양해요. 샨은 가까이 하지 않았으면 좋겠군요. 질 나쁘고 거친 놈들이 많거든요. 혼자 다녀오겠습니다."

넬 역시 갈 곳이 있는 모양이다.

"예전부터 뵙고 싶었던 정치학 교수님이 자서전에 관련해서 불꽃 튀는 토론회를 하신다더군. 온 김에 듣고 갈 생각이야."

토론이라니. 거기다가 '불꽃 튀는' 토론이라니! 넬이 좋아하는 스포츠가 아니던가. 샨은 노교수와 젊은 청객 사이에 벌어질 세기말 접전을 떠올렸다. 아마 그 순간만큼은 넬을 막을 자는 아무도 없을 거다. 샨은 어깨를 으쓱하고는 뒤를 돌아보며 물었다.

"티스는?"

없다. 어디로? 대기실 소파는 이미 텅 비어 있었다. 방금 전까지 뒤에서 희희낙락 삶은 달걀이나 까먹고 있지 않았던가? 넬이 이마를 꾹꾹 눌렀다.

"메사 공국은 미인이 많기로 유명하지. 그렇다는 건……."

샨이 체념한 목소리로 말했다.

"어디 무도회장 같은 데서 놀고 있겠네."

"잘 아는군."

망할 발정 난 수캐 같으니라고! 돌아오면 거시기를 콱 차 줄 테다. 샨은 어금니를 까득 갈았다. 그래도 뭐 티스가 이런 게 하루 이틀인가. 샨은 체념의 한숨을 쉬었다.

“나도 나가 볼게. 드래곤 관련된 서적을 찾아보고 싶어. 이런 때 아니면 구하지도 못하잖아.”

단테스가 샨의 어깨를 툭 만진다.

“조심하세요. 지금 때가 때잖습니까. 혼잡한 틈에 누가 섞일지 아무도 모릅니다.”

샨은 단테스의 손을 탁탁 두드렸다.

“걱정 마. 이래 보여도 지갑에 내가 직접 도난 방지 마법도 걸어놨거든?”

기초 마법 부여 과목에 그런 게 있던가. 넬은 잠깐 생각해 보다가 그게 2학년 과정이라는 걸 깨달았다. 벌써부터 실습에 사용하다니 역시 샨은 만만치 않다. 이번 기말시험에서 성적이 크게 떨어졌지만 원래부터 저력이 있는 학우다.

‘내년에는 경쟁자가 되겠군.’

그래도 질 생각은 없었다. 이쪽은 장학금이 걸려 있으니까. 넬은 애써 마음속 작은 불안감 무시한다.

“그러면 해 질 때까지 호텔에서 모이도록 하죠.”

10.

"마마, 책이 그렇게 재미있어?"

카이는 샨의 어깨에 올라타서 하품만 연신 내뱉는다. 역시나 카이가 너무 질려 한다. 샨은 노점에서 양 꼬치를 사서 카이에게 건넨다. 인간과 드래곤 모두 먹을 수 있게 만든 것으로 향이 너무 강하지만 그럭저럭 같이 먹을 만했다. 카이는 앞발로 고기를 뜯어 우물우물 입에 집어넣는다.

"많이 심심하니?"

"응."

역시 객실에 두고 올 걸 그랬나? 샨은 조금 후회가 됐다. 하지만 뭐, 이렇게 된 거 어쩔 수 없는 노릇. 샨은 가방을 열어서 수건을 폭신하게 깔았다. 카이가 눕기 좋게 할 생각이다.

"여기에라도 들어가서 자고 있을래?"

"좋아!"

얼마나 지루했었는지 거절하질 않는다. 카이는 남은 양 꼬치를 전부 한입에 뜯어 삼키고는 가방으로 들어간다. 가방 문을 닫기가 무섭게 숨소리가 규칙적으로 변한다.

'잘 자네.'

이 편이 샨도 마음이 편하다.

"어디 보자, 드래곤 책을 팔 만한 곳이……."

헌책방 지도에는 각종 책들 표시가 빼곡하다. 샨이 갈 곳은 그중에 가장 큰 '매지스 매지나' 라는 서점이다. 마법 서적을 전문적으로 파는 헌책방인데 가끔씩 보물 같은 책들이 나온다고 한다.

'이 나라는 터번 쓴 사람들이 많네.'

덥고 건조한 기후 때문인지 겨울에도 터번을 쓰는 사람이 많았다. 덕분에 외국인과 여기 지역 사람들이 구분이 잘 됐다.

매지스 매지나 서점은 지도에서 표기된 것보다도 더 컸다.

오래된 목조 건물 앞에는 헌책이 발 디딜 틈도 없이 쌓여 있었다.

'무좀 퇴치 마법서' 옆에는 '무좀 저주 마법서' 가 나란히 놓여 있었고, 그 위쪽에는 '사랑의 묘약 제조법' 과 '치한 퇴치 향수 제조법' 이 함께 꽂혀 있었다. 그 아래로는 한 소녀가 두근거리는 얼굴로 책 하나를 보고 있었는데 책 표지에는 이렇게 쓰여 있었다.

당신도 만들 수 있다! 미남 좀비 제조법, 내 남편은 내 손으로!

미남이라고 해도 좀비 남편이라니, 뜯어말리고 싶은 생각만 가득하지만 저 소녀의 상기된 얼굴을 보자니 건드릴 엄두도 나지 않았다. 입구 앞에는 터번을 산처럼 쓴 영감님이 물 담배만 뻑뻑 피고 있었다.

"들어갈 겐가?"

"아, 네네."

"아무 거나 집어 오게나. 세 권에 무조건 작은 거 세 장."

마법서가 눈 돌아갈 만큼 비싼 걸 생각하면 파격적인 가격이다. 그러나 이런 곳에 과연 드래곤에 관한 책이 있긴 할까? 샨은 목울대로 침을 꿀꺽 삼켰다. 사정이야 어찌 되었건 호랑이를 잡으려면 호랑이 굴로 들어가야 하는 법 아니던가.

샨은 계단을 밟고 위로 올라갔다.

걸음을 옮길 때마다 나무가 삐걱거리는 소리가 울린다.

오래된 책 향기가 진동했다. 큰형 리오는 이 냄새를 참 싫어했다. 계단마다 책이 쌓여 있다. 죄다 눅눅해져서 페이지를 넘기기 위험할 정도다. 샨은 그렇게 2층에 도착한다.

책이 창문을 가려 빛이 거의 들어오지 않는다. 사람의 발자국 소리가 들렸다. 조용히 페이지를 넘기는 소리. 마법서다 보니 마력들도 기묘하게 엉켜 있다.

아마 죽은 사람의 원혼이 들러붙은 마법서도 있을 거다. 인기척이 들렸다가 말았다가를 반복한다. 샨은 2층을 꼼꼼히 한 바퀴 둘러보고는 3층으로 올라간다.

2층 계단보다 더 가파르고 더 좁았다.

'카이가 잠들어서 다행이야.'

생각해 보면 이런 자유 시간이 얼마나 있었나 싶다. 기숙사에서는 개인 시간이라고는 전무했고 방학 내내 다른 이들과 함께했다.

오롯이 샨 혼자에게만 주어진 시간이다. 이 시간을 낭비하고 싶지 않았다.

3층에서는 생각지도 못하게 방어 마법 주문서를 찾아냈다. 이제는 없어진 유파의 책인데, 바닥에 그림을 그려서 반영구적인 방어 마법진을 만드는 기초 이론이다. 샨은 작게 쾌재를 부르며 책을 챙겼다. 그 밖에도 축복 마법서와 옷이나 무기에 정령 마법을 부여하는 마법 공학서를 찾아낸다.

'정작 드래곤에 관한 책은 보이질 않네.'

더 깊이 들어가야 하나. 샨은 책 사이를 비집고는 안으로 들어간다. 몸을 옆으로 세워야만 겨우 빠져나갈 정도로 좁은 통로다. 거기다가 책이 창문을 가려서인지 빛도 거의 들어오지 않았다. 샨은 책장에 몸을 비비다시피 해서 안으로 몸을 밀어 넣는다.

운 좋게도 용이 그려져 있는 책을 발견한다. 샨은 그쪽을 향해 몸을 비벼 넣는다. 그때 은보라색 장발 머리칼의 사내와 몸이 부딪친다.

쿵.

'어라?'

샨이 눈을 들어 그를 바라본다. 남자가 샨을 내려다본다. 두 사람의 눈이 마주치는 것과 동시에 샨은 다리를 굴러 마력을 만든다. 빠른 킥이 남자를 향해 날아간다.

남자가 팔을 들어 십자로 방어한다.

콰앙!

남자의 몸이 책과 함께 날아간다. 카이가 깜짝 놀라 가

방 밖으로 기어 나온다. 카이가 나오자마자 소리를 지른다.

"나쁜 놈! 나쁜 놈이다!"

남자가 기침을 하며 몸을 일으킨다. 율키르, 율케스의 형이자 샨의 원수.

샨은 낮게 신음을 내뱉는다. 이 좁은 공간에서 카이를 원래 크기로 만드는 건 무리수다. 거기다가 여기는 목조 건물에 책까지 쌓여 있는 곳 아닌가. 작은 화재만 일어나도 값을 매길 수 없는 지식들이 모두 타 버리는 수가 있었다.

샨은 이를 갈며 물었다.

"절 죽이러 따라 오신 겁니까? 율키르 씨."

율키르가 코피를 닦으며 몸을 일으켰다.

"미쳤냐? 너 때문에 내가 무슨 일 당했는지 모르지? 너 형한테 잘도 일러바쳤더라?"

에론 형을 말하는 건가. 생각해 보니 이상하긴 했다. 굳이 그가 샨을 습격하려 했다면 좀 더 인적이 드문 곳이어야 했다. 여기는 온 세계 사람들이 모이는 곳 아닌가. 이런 곳에서의 전투는 그에게도 마이너스일뿐더러 지금은 한낮이다. 한낮에는 흑마법사의 힘이 절반으로 줄어든다.

"형에게 이를 생각은 없었습니다. 거기다가 복수하지 말아 달라고도 부탁했고요. 형이 무슨 짓이라도 저지른 겁니까?"

그 말에 율키르가 어금니를 까득 갈았다.

"니 형이 제자 놈이랑 같이 내 공방까지 쳐들어왔었다. 그래, 내 동생 놈."

불과 일주일 전쯤 율키르는 에론이 호위병도 없이 고작 제자 하나만 달랑 데리고 왔다는 이야기를 듣고 폭소를 터뜨렸다. 그도 그럴 게 마법사의 공방은 그 자체만으로도 요새다. 온갖 저주 마법, 방어 마법, 공간 마법이 뒤섞여 있는 곳 아니던가.

일 개 부대가 온다고 해도 절대 꺾이지 않는다. 거기다가 아버지께 사병 좀 보내 달라고 요청도 했다. 아마 호위병들이 자신을 지키러 곧 도착할 거다.

"후후후, 그동안 1000마리의 스켈레톤을 시험할 수 있겠어."

좀비, 구울, 스켈레톤, 키메라, 어둠의 정령과 각종 금지된 술법으로 만든 저주 받은 생물체들이 관문지기가 되어 떡하니 지키고 있다. 거기다가 함정을 얼마나 깔아 놓았던가.

그는 벌써부터 에론 놈의 시체로 무엇을 만들지 심장이 뛰었다. 이걸 샨에게 보여 준다면 샨은 어떤 표정을 지을까. 그 예쁜 얼굴로 어떤 목소리로 울어 줄까.

상상만 해도 오싹오싹하다.

그러나 고작 2시간 만에 마지막 층까지 뚫렸다. 율케스가 문을 발로 쾅 차고는 안으로 들어왔다.

"율키르 형, 안녕."

"너, 너였냐? 에론 알테리온의 제자라는 자가?"

"응."

그래서 아버지의 호위병들이 오질 않았던 거였나? 그의 뒤에서 에론이 타이머를 탁 눌렀다.

"2시간 10분이라. 생각보다 기록이 늦군요, 율케스 군. 원래였다면 1시간 50분 안에 돌파해야 했습니다."

"아쉽게 되었군."

"실전에서 예상대로 돌아가는 게 어디에 있다고 그러십니까. 조만간 단단히 기합을 줘야겠군요."

율케스는 짜증이 밀려왔는지 입을 한일자로 꾹 다물었다. 참, 사이 나쁜 사제지간이다. 그러거나 말거나 에론은 성큼성큼 안으로 들어왔다.

"아무튼 동생 샨 알테리온 군과 좋은 만남 가지셨다고 하기에 모처럼 왔습니다."

"하하하하. 가소롭군, 에론 알테리온 경. 고작 그대가 날 어떻게 할 수 있으리라 생각하나?"

율키르가 땅을 탕 구르자 수백 마리의 용아병들이 튀어나왔다. 보통 스켈레톤과는 다르다. 드래곤의 어금니를 갈아서 만든 병사들이다. 한 마리 한 마리가 소드 유저급의 실력을 가지고 있다.

에론의 안경이 빛난다. 그의 새빨간 카디건이 바람에 나풀거렸다.

"어떻게 하려고 오는 게 아닙니다, 율키르 공. 저는 그저 인사를 드리러 왔을 뿐입니다."

율키르가 주문을 외운다. 그러자 수십 수백의 용아병들이 일제히 그를 향해 달려든다. 율케스가 검을 뽑으려 하자 에론이 저지한다.

"됐습니다. 여기서부터는 제가 하도록 하죠."

에론은 검을 뽑아 들었다. 블루 크리센트가 청연한 빛을 뿜었다고 생각하는 순간, 이미 검은 마법을 튕겨냈다.

탕!

소리보다 칼놀림이 빠르다는 판단이 들려는 찰나, 에론이 검을 역수로 쥐었다. 발도 자세.

푸른 검기가 검집 안에서 스파크를 내며 울었다.

"율케스 군에게는 나중에 가르쳐 줄 생각이었습니다만, 뭐 이런 타이밍도 나쁘지 않겠군요."

우우우우웅—

검기가 계속해서 압축되고 압축된다. 그러고는 에론이 검을 뽑아 들었다. 검기가 칼집에 부딪치며 초고속의 속도를 낸다. 그게 번개 같다는 생각이 들었다.

알테리온 극의, 에론 알테리온 식(式) 일 섬(一殲)!

그 자체는 평범한 가로 베기다. 자세도 군더더기 없고 깔끔한 가로 베기. 그것도 그냥 알테리온가의 평범한 일섬이다. 그런데 에론이 자체적으로 만들어 낸 기술.

극한까지 다다른 속도는 그 움직임만으로 진공 음파를 만들어낸다. 그리고 그 진공파는 검기와 함께 극한의 파괴력을 보여 준다.

서—컹!

수백의 용아병이 한 순간에 목이 날아간다. 그가 만들어 낸 뼈 보호막까지도 함께 베어 버린다. 그가 마법을 날린다. 수십 개의 저주 마법이 에론을 향해 쇄도한다.

그러나 에론은 칼 하나로 마법을 너무나도 쉽게 튕겨낸다. 그러고는 율키르의 갈빗대 근육 사이로 칼을 꽂아 버린다.

"크아아아악!"

"이런이런, 첫 인사가 너무 거칠었나요? 율키르 공."

"이, 이런 짓이 우리 영지에서 용납될 것 같나?"

에론은 자신의 장갑을 벗어 양말 말듯이 동그랗게 말았다. 그러고는 세심하게 율키르의 입속에 쑤셔 넣는다. 그 손길이 기가 막혀 율키르는 넋을 놓았다. 장갑에 막혀 소리를 지르지도 못하고 혀를 깨물 수도 없었다.

"뭐, 상관없습니다. 제국에 허가를 받지 않은 시설들이 좀 있더군요. 폐하께는 휴가 나온 김에 무허가 흑마법 시설을 일소했다고 보고서를 쓰면 되니까요. 율키르 공과의 일은 그 과정에서 있었던 사소한 분쟁 정도로 올리도록 하겠습니다. 기껏해야 45자 내외로 끝나겠군요."

"읍, 으으으읍!"

"처음 말씀드렸듯이 전 율키르 공을 죽일 생각은 없습니다. 제 동생이 자기 손으로 직접! 복수하겠다고, 먼저 복수하지 말라고 신신당부를 했기 때문이죠. 기특하지 않습니까, 율키르 공. 댁네 시체 새끼 동생보다 100만 배쯤

낫지 않습니까아?"

에론이나 샨이나, 율키르나 율케스나, 둘 다 똑같은 형제지간이라고 할 수 있겠다. 문제는 에론도 그를 싫어하고 샨도 싫어하고 심지어 자기 동생인 율케스는 자기 공방마저 부수고 오질 않았던가.

에론이 말을 이었다.

"아무튼 요즘 들어 어찌나 귀엽고 사랑스럽고 깜찍하고 의젓해졌는지 모르겠습니다. 클수록 저희 어머니를 닮아 가는 것 같아요. 주머니에 담아서 다닐 수 있다면 얼마나 좋은지 모르겠네요."

그리고 에론의 안경이 서늘하게 빛났다.

"……그런데 그 귀여운 것에게 했던 짓이 있으셨죠. 율키르 공."

정확하게 말하면 양팔 골절에 갈비뼈 골절 및 각종 타박상과 외상을 다 입힌 셈이다. 에론이 미소 지었다.

"너무 겁먹지 마십시오. 율키르 공. 말씀 드렸잖습니까. 저는 그냥 인사만 드리러 왔다고요."

"읍, 으읍! 읍! 우우우읍!"

"하하하, 닥치십시오."

에론은 발로 율키르의 한쪽 팔을 밟는다.

"으으으읍!"

"별거 아닙니다. 인사차 제 동생이 어떤 고통을 겪었는지 똑같이 해 드리고 가겠습니다. 대신 시간은 두 배, 세 배…… 공을 들여서 하고 가도록 하죠. 복수는 아닙니다. 죽이는 것도 아니잖습니까. 그저, 음…… 그래요. 그저 아주 사소한 제 화풀이일 뿐입니다."

우득.

팔이 부러진다. 고통으로 율키르의 몸이 활처럼 휘어진다. 에론이 그의 뺨을 쓰다듬으며 속삭인다.

"우우우우우웁!"

"그러면 다음번에 제 동생을 만나게 되면 잘 부탁드립니다. 율키르 공. 제 동생이 앞으로 할 복수, 꼭, 잘, 받고 가시길 바랍니다."

그리고 그렇게 인사차 다녀간 에론의 '사소한' 화풀이가 자행되었다.

그건 율키르 인생 최대의 악몽이었다.

에론은 떠날 때 황실에서나 사용한다는 초특급 포션 10개를 땅에 한 줄로 세우고는 가 버렸다. 이거 먹고 빨리 샨에게 복수나 당하라는 말이었다. 만약 샨의 그 '복수'가 실패하면 어떻게 될 것인가.

그건 율키르 인생 최대 난제이기도 했다.

회상을 마친 율키르가 말했다.

"니 형은 미쳤어."

"그런 소리 많이 들어요."

샨은 초연한 목소리로 담담하게 대답했다. 이 정도 일은 예상 범주 내다. 그래도 다행인 건 에론 형이 저 사람을 죽이진 않았다는 거다.

언젠가 강해져서 꼭 복수하리라는 샨의 의사를 존중(?)해 준 덕분이다.

'그건 그렇고 율케스, 굉장히 강해졌구나.'

마법사의 공방은 요새다. 아마 형을 저 꼴로 만드는 것 이상으로 어려운 작업이리라. 그걸 너무나도 쉽게 해냈다. 고작 두 시간 하고 몇 분 만에 다 분쇄해 버렸다지 않았나.

'심하게 강해졌는걸.'

이러다가 혼자만 뒤떨어지는 거 아닌가. 샨은 조급해졌다.

율키르가 말했다.

"그래서 말이야. 샨."

"네?"

"너 그냥 복수까지 다 끝냈다고 니 형한테 편지 써 주면 안 되겠냐?"

샨이 어금니를 꽉 깨물었다.

"안 됩니다. 전 강해져서 이길 겁니다."

"그냥 내가 지금 진 셈 치자."

샨은 울고 싶어졌다.

'아아, 형…… 혀엉…… 이래 가지고는 복수가 되질 않잖아.'

그동안 갈고닦아 왔던 원한은 뭐가 된단 말인가. 아무리 과보호 형이라지만 정도껏 해야지. 샨은 부득부득 다시 복수의 의지를 불태웠다.

"어찌 되었건 복수는 할 겁니다. 각오하세요!"

"그냥 나 진 셈 치자니까. 그냥 지금 져 줄까? 응? 그걸 원해?"

율키르는 아예 드러눕고서 배를 뒤집어 보였다. 마치 짐승이 배를 보이면서, '나 당신보다 서열이 약합니다. 절 깔아뭉개 주세요.' 하는 그런 모습 같았다.

아아, 에론 혀어엉. 이러기야?

샨은 머리를 붙잡고는 바닥에 주저앉는다. 그러나 에론

형과 살면서 이런 일이 하루 이틀도 아니고 매번 좌절해 봐야 의미 없다.

샨은 결국 몸을 일으켰다. 그러고는 새빨간 책, 책꽂이에 손을 가져다 댔다.

책이 툭 떨어진다. 파손될까 걱정될 정도로 낡은 책이었다. 샨은 책을 붙잡았다.

고대어로 쓰여 있었지만 더듬더듬 읽을 수 있었다. 책 제목은 다음과 같았다.

세븐 드래곤즈 북스

"어? 경매로 나온다는 책 아니었나?"

이게 왜 헌책방에 있는 거지? 샨은 혼란스러워졌다.

〈다음 권에 계속〉

외전

에녹의 초상

1.

'선생님이 와서 너무 좋아! 선생님, 선생님, 우리 놀러 가자!'

'그래.'

'나 그런데 지금 너무 숨이 차서 달릴 수가 없어. 졸려. 선생님, 어쩌지?'

'한숨 자 둬.'

'정말로? 나 정말 자도 돼?'

백발의 그녀가 그에게 물었다. 에녹은 도저히 대답을 할 수가 없었다. 말문이 막혀 한참이나 더듬거린다.

그녀는 너무 오래 살아서 이제는 무엇도 기억할 수 없는 몸이 되었다. 노망이라고도 부르고 치매라고도 부르고 다른 학명을 붙이기도 한다. 어느 쪽이 되었건 흔한 증상이다. 애써 외면하려고 해도 먼저 죽지 않는다면야 언젠가 올 일이고, 어쩔 수 없는 일이고. 인간인 이상에야 미리 막을 수도 없는 일이다.

이제 신마 전쟁도, 목숨을 건 모험들도, 함께 손을 잡고 마왕을 무찔렀던 그 영광들도 사라졌다. 그녀를 위해 함께 했던 그 모든 일들과 그녀가 그에게 준 사랑조차 모두 잊었다. 하얗고 보드라운 손가락은 이제는 세월에 뒤틀리고 메말라 버렸다.

'선생님, 나 정말로 자도 돼?'

마지막 질문이었다. 그녀는 가쁜 숨을 내쉬며 물었다. 어쩌면 이제 정말로 끝이라고, 모든 것을 놓을 때가 되었다는 걸 자각했는지도 모른다. 그녀의 손은 이제 고목나무가 되었다. 못생겨졌다고, 젊을 적 아름다운 모습일랑 이제는 없다고 그녀는 제정신일 때 한탄하곤 했다. 그래도 마음은 변함없었다. 에녹은 그녀를 사랑했고, 그녀를 간호했다.

점점 가까운 과거를 하나둘 잊고, 추억을 지워 나가며 눈 앞의 현실을 잊어 가는 그녀를 바라보았다. 그녀는 괴로워했고 히스테릭해져만 갔다. 동화는 틀렸다고 소리 지르곤 했다.

오래오래 행복하게 산다는 건, 불가능한 일이라고.

결국은 모두 늙고 추해져서 죽을 테니까. 그럼에도 살아남아 버리면 결국 마지막 추억까지 태워 버리고 말 테니까.

지금 그녀는 6살 적으로 기억이 돌아갔다. 이제는 잠시나마 제정신으로 돌아오는 날도 없었다.

에녹 교수는 현실의 벽에서 눈가를 꾹꾹 누른다. 그로부터 몇천 년이 지났다. 그녀의 기일을 단 한 번도 잊은 적이 없었다. 그러나 몇천 년이 지났어도 그녀는 '약속'을 지키지 않고 있었다. 죽기 전에 내뱉었던 마지막 약속을.

"올해는 포도주가 좋겠군."

지난해 포도가 당도가 높아 좋은 술이 나왔다. 그는 매년 같은 날, 학교에 휴가를 내고 아카데미를 나간다. 그렇다고 아주 멀리 벗어나는 것도 아니었다. 아카데미에서 벗어나서 조금 걸어가면 야트막한 동산이 하나 있다. 그곳에 그녀가 있었다.

매번 동산을 올라가며 매번 인간의 허망함을 떠올리곤 한다. 에녹은 아직도 그녀를 사랑했다. 하이엘프는 인간과 같은 망각의 축복이 없었다. 슬픈 일이라고, 괴로운 일이라고 잊는 법이 없었다.

마침내 언덕 꼭대기 꽃밭이 보였다. 노란색 드래곤 플라워는, 그녀가 가장 좋아하는 꽃이었다. 언덕에 올라가 앉아 있기를 한참, 비석과 조우할 용기가 생겼다. 꽃밭 한가운데 그는 작은 비석 앞에 앉아 있는다.

"달리아."

그는 탁해진 목소리로 그녀의 비석을 손가락으로 쓸었다. 그녀가 물었던 마지막 질문, 이제 정말로 자도 되냐는 말에 에녹은 보내 줄 생각이었다. 지쳤다. 그도 그녀도 시간에 지쳐만 갔다. 나이가 들수록 점점 그녀는 괴로워했고, 아파했다. 소중한 것이 손가락 바깥으로 빠져나갔다. 망막은 건조해져만 가고, 좋아하던 책도 읽을 수 없었다. 아니, 나중엔 알파벳마저 잊어버려 글을 읽는 게 불가능했다.

보내 줘야 한다고 생각했다. 이제는 그녀를 위해 보내 줘야 한다고. 그러나 그는 말했다.

'자면 안 돼.'

애원을 담아서, 절규를 담아서 부탁했다. 그녀는 손을 뻗어 에녹의 뺨을 쓸었다.

'알았어. 선생님, 나 눈 꼭 뜨고 있을게.'

여섯 살 때 보았던 에녹의 얼굴은 지금과 다를 바가 없었다. 하이엘프는 늙지 않는 존재였으니까. 어려진 할머니가 눈을 부릅뜬다. 그러나 이내 다시 눈꺼풀이 내려앉는다. 에녹의 한쪽 눈에서 물방울이 툭 떨어져 침대 시트를 적셨다.

'날 두고 가면 안 돼.'

미래를 바치고 과거를 쥘 수 있다면 얼마나 좋을까. 에녹은 그녀에게 소리 없는 비명을 바쳤다. 그러나 그녀는 대답이 없었다. 이윽고 지킬 수 없는 약속을 내뱉었다.

'너무 졸려. 선생님 나…… 너무 졸려. 미안, 내일 또 놀……자.'

그게 그녀가 내뱉은 마지막 말이었다.

에녹은 드래곤 플라워를 꺾어 무덤 앞에 내려놓았다.

"언제 놀아 줄 거니. 선생님은 기다리고 있는데."

죽은 자는 돌아오지 않는다. 차가운 현실만이 그를 기다리고 있었다. 언제쯤이면 이 고통에서 해방될까. 에녹 교수는 생각했다. 이윽고 그는 포도주를 땄다.

유리병이 맑은 소리를 냈다. 투명한 적보랏빛이 피처럼 출렁거렸다. 이제 이걸 무덤에 따르면 올해의 일과도 끝난다. 그때 꽃밭에서 무언가가 부스스 일어났다.

"그거 저 주려고 따신 겁니까?"

라온 교수였다. 망할 다크엘프. 하이엘프와 다크엘프가 괜히 앙숙이 아니다. 라온 교수가 하는 짓 하나하나가 전부 신경에 거슬려 죽을 지경이다.

"라온 교수, 분명 알기로는 자넨 오늘 수업이 있는 걸로 기억하네만?"

"네, 블루 타워 학생들…… 수업…… 하암…… 이었지요."

그는 나무늘보처럼 느릿느릿 하품을 내뱉는다. 에녹 교수가 신경질적으로 되물었다.

"오늘도 자습이겠군?"

"원래부터 물고기를 잡아 주는 것보다 직접 낚시하는 법을 가르쳐 주는 게 진정한 교육자 아니겠습니까? 엣헴! 그래서 자습시켰지요."

이 개새끼. 블루 타워에 무슨 악감정이 있나. 왜 에녹이 맡는 기숙사만 허구헌 날 자습을 시키고 난리란 말인가.

이딴 식으로 나가면 분명 블루 타워만 또 진도가 늦어져서 중간고사 직전에 대충 땜빵할 게 분명하다.

오늘도 날림 교육의 참모습을 보여주는 그였다. 라온 교수가 꽃밭 위에서 고양이처럼 빙그르르 돌았다.

"그래도 뭐, 잘하는 애들이야 어차피 잘할 거고 티스 같은 애들이야 어차피 놀 거고."

"그래도 율케스는 요즘 열심히 하던데?"

"샨이 잘 가르쳐 주겠죠. 그 아이, 필기는 참 잘하지 않습니까."

……그냥 솔직하게 선생질하기 귀찮다고 해라. 이 인간아. 에녹은 일순 명치를 세게 때리고 싶은 충동이 밀려왔다. 그러나 이내 작게 한숨을 쉬었다. 라온 교수도 거의 영원에 가까운 시간을 살아간다. 다크엘프가 하이엘프보다는 짧은 수명을 가지고 있다고는 해도 나이는 에녹 교수가 훨씬 많다. 자연사를 하게 된다면 아마 먼저 죽는 건 에녹 교수일 터.

에녹 교수는 무덤에 술을 뿌린다. 아니, 뿌리려고 했다. 그때 라온 교수가 에녹 교수의 포도주를 뺏어들었다. 그러고는 입에 가져가 꿀꺽꿀꺽 폭풍 흡입한다.

"지금 이게 무슨 짓……!"

"산 사람은 살아야 하지 않겠습니까?"

"술 못 마시면 죽는다는 겐가. 라온 교수!"

"전 지금 그런 상태라고요."

그리 말하고는 술을 끝까지 비워 내려갔다. 답이 안 나오는 놈이다. 상종도 하고 싶지도 않은 놈이다. 저놈과 같은 지붕을 지고 산다는 거 자체가 치욕이다. 그러나 에녹 교수는 놈을 패는 대신 꽃밭에 누웠다.

하늘에는 구름이 떠 갔다. 하늘은 결코 하늘색이 아니었다. 모든 하늘이, 매일의 하늘이 모두 색이 달랐다. 그날의 습도, 온도와 풍향, 계절과 시간에 따라 늘 하늘은 다른 빛을 보여 주었다. 마치 인간처럼.

그렇기에 불멸자들은 인간을 하늘 보듯이 해야 했다. 한 가지 색깔에 사로잡혀서는 안 됐다. 무슨 색이든 영원한 법이 없었다.

에녹이 사랑했던 그녀는 푸른빛이었다. 바다 같은 사파이어 블루였다. 그러나 해가 지고 구름이 끼고 밤이 왔다. 이제 두 번 다시 어제와 같은 하늘은 볼 수 없다. 비슷한 하늘은 볼 수 있을지도 모른다. 그러나 똑같은 하늘은 아니다. 완전히 똑같은 하늘 따윈 없다.

그건 이 세계가 시작되고 생긴 첫 번째 원칙이다. 모든 하이엘프들은 그것부터 배운다.

이 세계에서 완전히 똑같은 나뭇잎은 없듯이 완전히 똑같은 하늘은 오지 않는다는 것. 하늘빛에 사로잡혀서는 안 된다. 그러나 이미 사로잡혀 버린 사람은 어떻게 벗어나야 하는지 가르쳐 준 적이 없었다.

그는 퍼스트 워터를 수호했고, 이 세상에 처음 시작되는 물줄기를 보았다. 누구도 가르쳐 준 적 없는 세상 깊은 곳의 진리를 보았다. 생명의 근원을 보았고, 죽음의 메아리를 보았다. 그러나 그 어디에도 사랑을 가르쳐 주는 이는 없었다.

어떻게 잊어야 하는지, 어떻게 도망쳐야 하는지.

라온 교수가 입술을 열었다.

"한잔 더 하시겠습니까?"

"……."

"매년마다 여기 와서 땅 파고 있는 것도 지치지 않습니까? 제가 본 것만으로도 백 번이 넘습니다."

알고 있었군. 아니, 당연했다. 생각해 보니 둘 다 아카데미에 뼈를 묻은 몸 아니던가. 한때의 영웅으로 살아갔지만, 이제 여생은 이곳에서 보낼 거다. 에녹과 라온은 이 아카데미에서 가장 오래된 교수다. 졸업식도 이미 수백 회가 넘고 정년 퇴임한 교수를 백 번이나 넘게 배웅해 봤다.

에녹 교수가 말했다.

"어째서 여기까지 와서 날 기다린 거지?"

그 라온 교수가 우연히 이 시간에 여기에 와서 처자고 있다? 말도 안 되는 소리. 상대는 다크엘프 라온이다. 심연의 메아리이자 종언의 탐식자. 지금이야 나무늘보처럼 매일을 늘어져서 보내고 있다만 그는 과거 아크리치를 단신으로 암살했었다. 어떤 모험에도 동료 따윈 데려온 적이 없었다. 그는 늘 혼자였다. 그렇기에 그의 영웅담이 알려지는 일은 없었다.

그러나 에녹은 알고 있었다. 어느 대마법사가 마왕을 소환하다가 그놈이 죽었다면, 그리고 그 죽은 이유를 아무도 모른다면 그건 라온의 짓이리라고.

라온은 언제나 그랬다. 일이 터지기 전에 혼자서 해결하곤 했었다. 그리고 그걸 누구에게도 말하지 않았다. 동행자도 없었고, 자신의 목표를 미리 밝힐 이도 없었고, 일이 끝나고 돌아갈 곳도 없었으니까. 그저 혼자서, 혼자서 끝을 봐 왔으니까.

그때 바람이 훅 불었다. 라온 교수의 까만색 넥타이가 바람에 부풀어 올랐다. 그의 잿빛 피부와 은발 머리카락이 바람을 타고 미끄러진다. 구름이 밀려와 그의 얼굴에 그림자를 만들었다. 그는 웃었다.

"여기 오면 좋은 포도주가 있다고 해서 왔죠. 매년마다 어느 멍청한 하이엘프가 술을 들고 오는 곳이거든요."

"미친 자식."

"그리고 겸사겸사 그 멍청한 하이엘프의 술친구가 될 수 있을 거라고도 생각했고요."

"그대와 내가? 불가능한 소리를 하는군."

라온 교수가 누운 상태로 몸을 한 바퀴 굴러 에녹 교수의 곁으로 다가간다.

"네, 하이엘프가 인간을 사랑했던 것만큼 불가능한 일이죠."

그러나 그것은 이루어졌다. 불가능하다고 생각하지만, 불가능하길 원한다고 생각했지만, 그만 이루어져 버렸다.

에녹 교수는 하늘을 바라보았다. 눈물은 나오질 않는다. 그녀가 다 가져가 버렸기 때문이다. 그녀가 좋아하던 노란색 드래곤 플라워가 바람을 따라 출렁였다. 마치 유리잔에서 출렁이는 오렌지 주스 같아 보였다.

그녀는 말했다. 내일 또 같이 놀자고. 그러나 그녀의 내일은 오지 않았다. 다만 홀로 남겨진 그의 내일만이 영원히 반복될 뿐이었다.

에녹은 환생을 믿지 않는다. 환생이 있다고 해도 그것은 더 이상 그녀가 아닐 거다.

"술 하겠습니까?"

라온 교수는 웃음기 없는 얼굴로 진지하게 그를 향해 속삭였다. 에녹 교수는 주먹을 쥐었다. 그러고는 놈의 상판을 향해 힘껏 후려친다.

빠악!

"쿠에에엑!"

라온 교수가 괴이한 소리를 내며 굴러간다. 에녹 교수가 무뚝뚝하게 말했다.

"얼굴이 너무 가깝다."

문득 귀에 뭔가 이질감이 느껴졌다. 손을 대니 귀에 노란 드래곤 플라워가 꽂혀 있었다. 이걸 누가 했는지 뻔히 아는 터라 에녹 교수는 라온 교수를 몇 번 더 밟아줬다.

"끄어어어! 예쁜 얼굴 좀 더 예쁘게 꾸며 드렸기로서니 너무하신 거 아닙니까아아!"

이 자식과 말을 섞는 것 자체가 이미 수치다.

반성의 기미가 없는 라온 교수를 밟아 주고는 에녹 교수가 말을 내뱉는다.

"꺼져, 다크엘프. 내가 그렇게 물러 보이나?"

에녹 교수는 옷을 털었다. 마치 라온균이 조금이라도 묻었을까 싶어 터는 느낌이다. 라온 교수가 배시시 웃었다.

일부러 지어 주는 바보 같은 웃음이다. 그러나 에녹 교수는 고개를 젓는다.

"내 추억은 내 것이야. 내 슬픔 역시 내 것이지. 네놈과 나눌 것 따윈 없다."

그는 그리 말하며 휘적휘적 내려갔다. 라온 교수는 그대로 누워 에녹 교수의 등을 바라보았다. 이윽고 뭔가 떠올랐는지 라온 교수가 그의 등에 대고 소리 질렀다.

"내년에도 또 여기서 봅시다. 에녹 교수!"

에녹 교수는 대답하지 않았다. 그 대신 주먹을 꽉 쥐고 가운데 손가락만을 곧게 쳐들어 화답했다.

라온 교수는 그런 에녹 교수를 보며 한참이나 웃었다. 이윽고 그가 하늘을 바라보았다. 늘 바뀌는 하늘, 그는 오늘의 하늘색을 바라보며 속삭였다.

"내년에는 무슨 술을 가져 오실까나."

고양이처럼 웃으며.

〈외전 에녹의 초상 끝〉

부록

설정집

이비엔

율키르